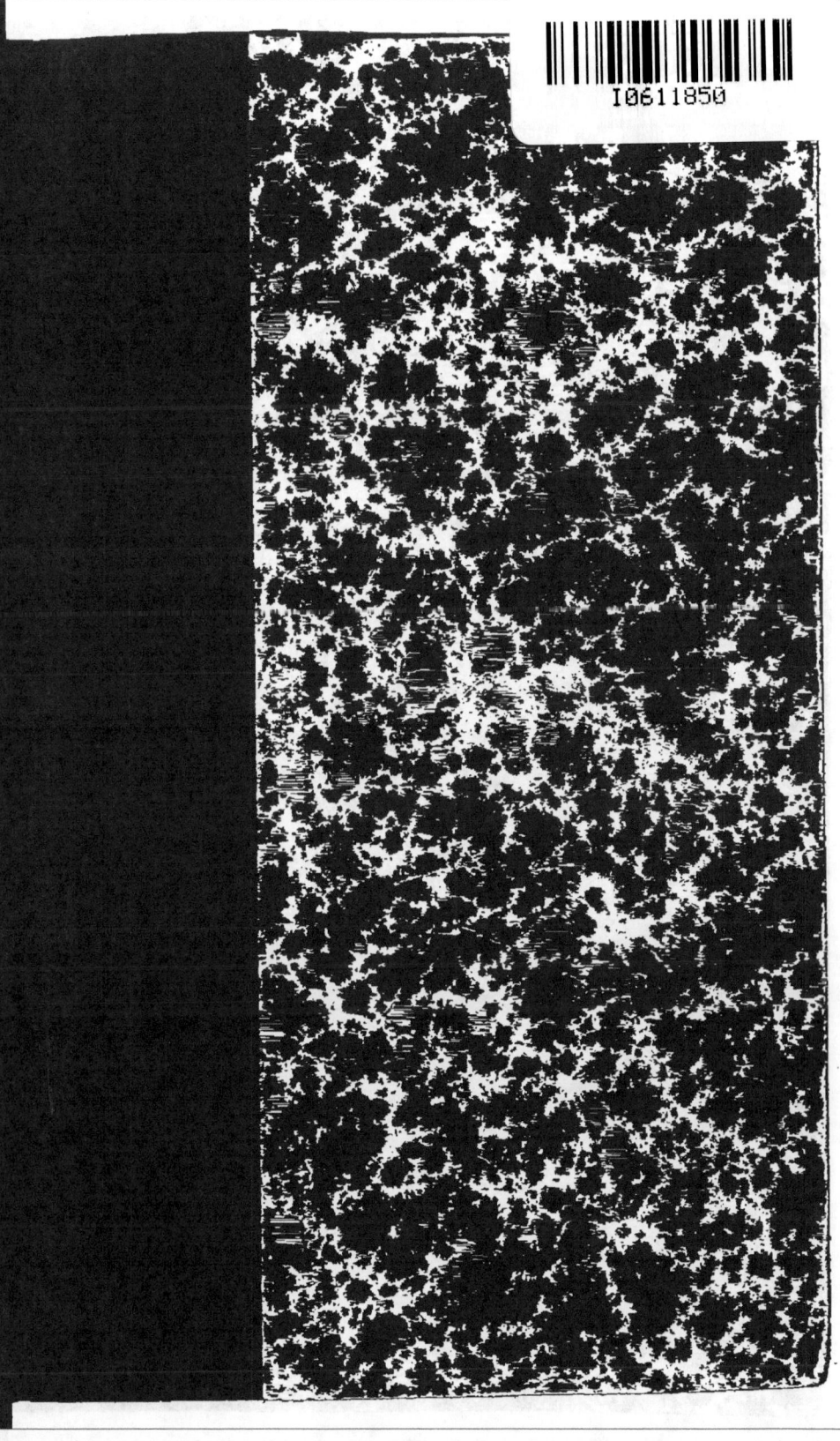

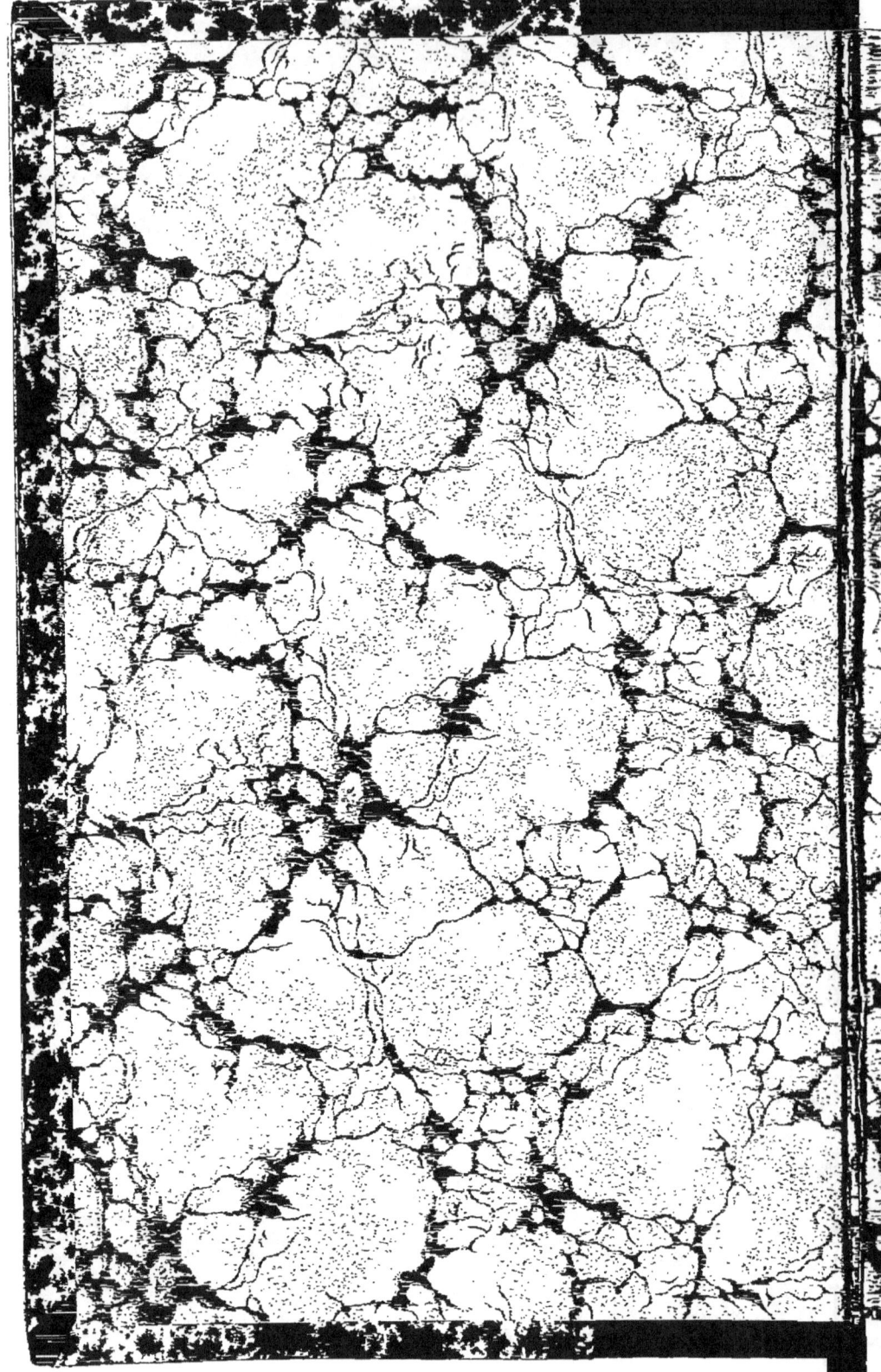

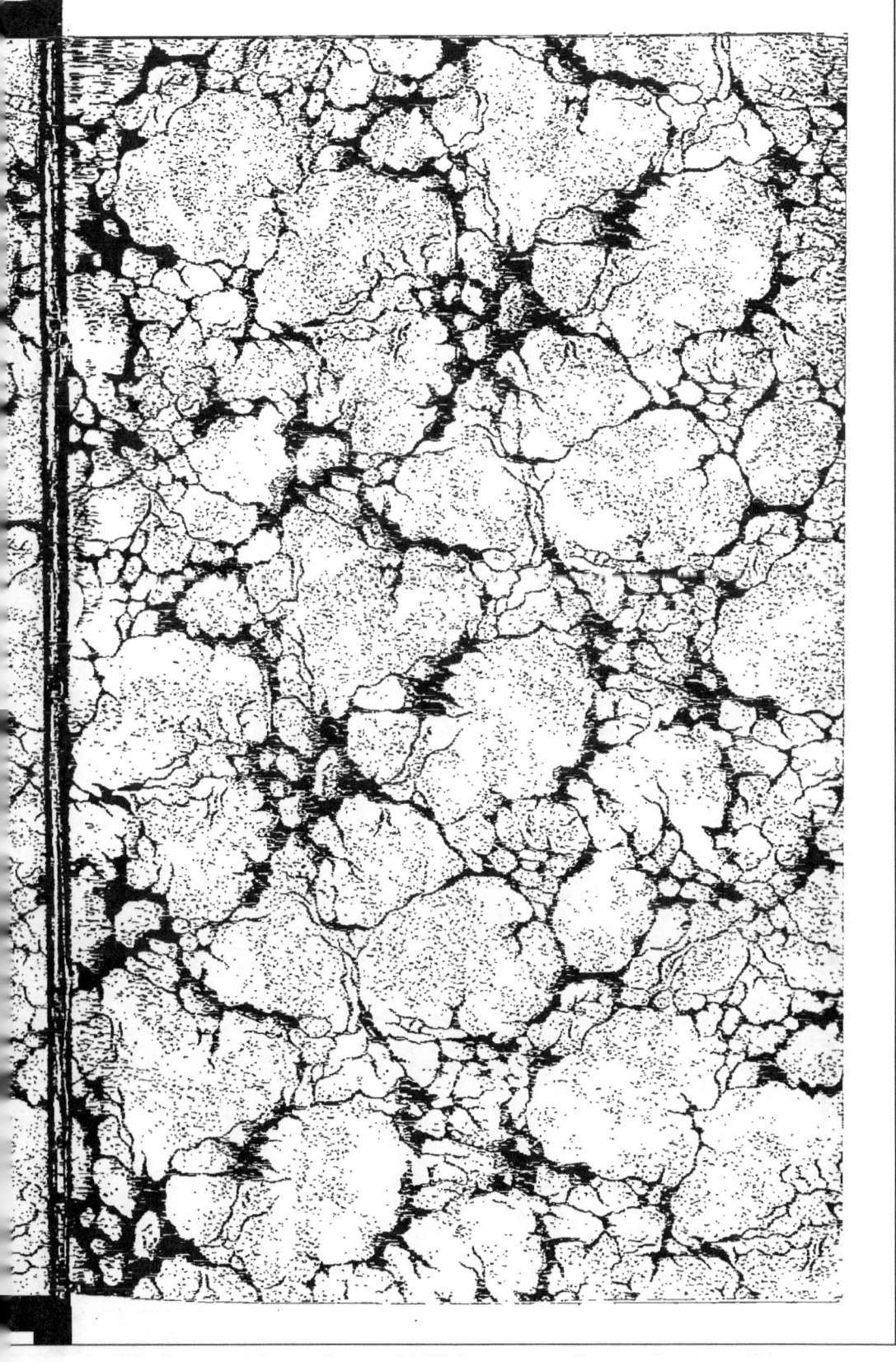

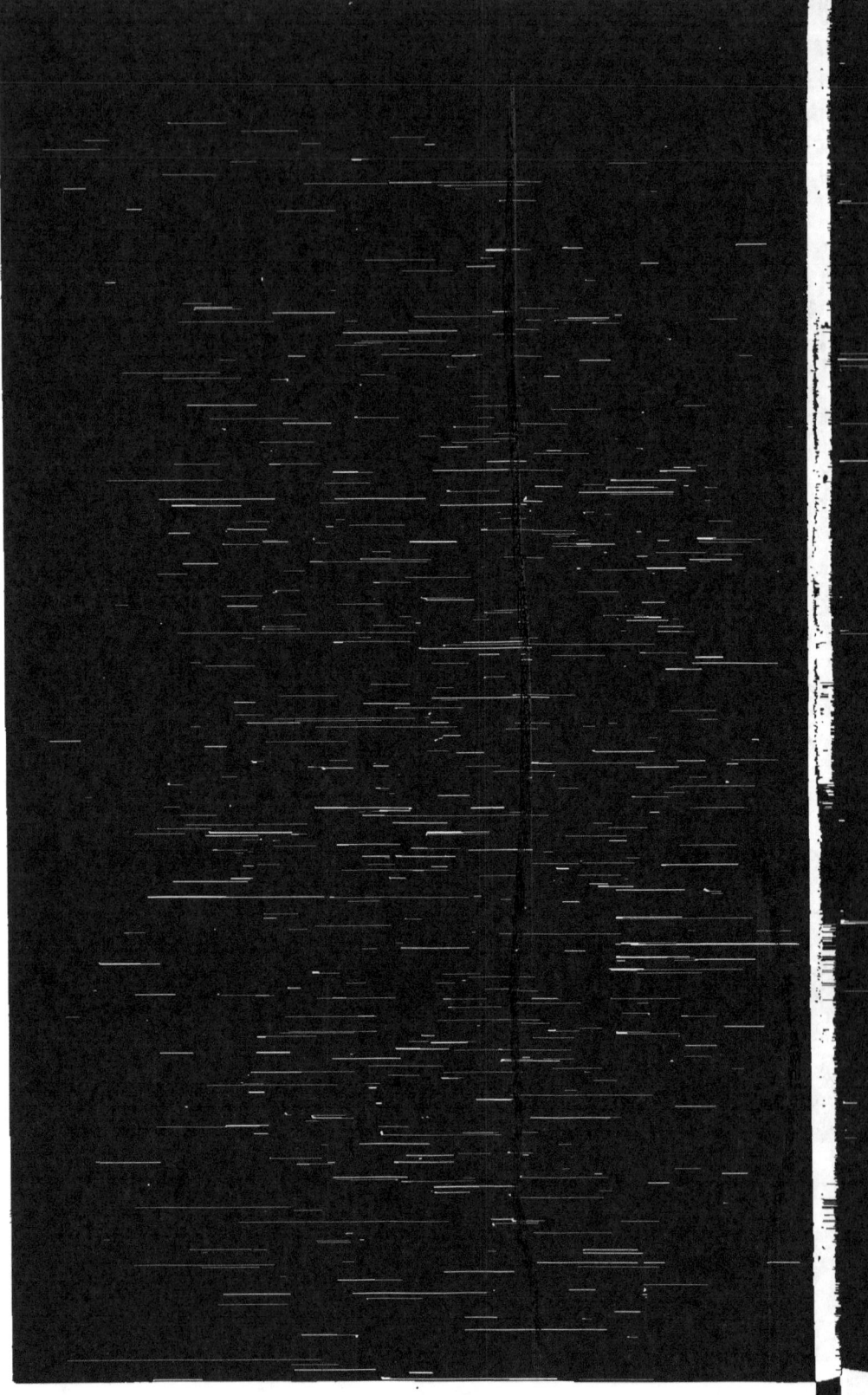

AVANT-PROPOS

Mme Saqui, morte octogénaire en 1866, passa sa vie, et presque jusqu'à la fin, à danser sur la corde.

C'était un art charmant et délicat, qui faisait fureur, jadis, ayant ses connaisseurs et ses critiques. Le frère d'un roi, le comte d'Artois, qui devait être roi aussi, rêvait de s'y initier, comme à une excellente préparation au métier de souverain. Encore qu'on s'y tuât, d'aventure (mais on s'y tuait d'une façon héroïquement gracieuse, à la façon du mythologique Icare), le public a pris goût, peu à peu, à des sensations plus violentes et plus brutales, et la danse de corde est morte. C'est dommage.

Mme Saqui fut la plus illustre représentante de cette ancienne école qui demandait une hardiesse extrême et le génie de la fantaisie, en de vertigineuses improvisations, en même temps qu'une présence d'esprit toujours sûre.

Elle fut célèbre dès le commencement de l'Empire, et Napoléon, appréciant tous les genres d'audace, jeta vers elle un regard de curiosité amusée. Sa longue existence devait être féconde en contrastes. Enfant, elle avait vu passer dans les rues voisines de la prison de la Force le tragique cortège qui promenait la tête coupée de la princesse de Lamballe; elle vécut assez pour regretter, dans le nouveau Paris du baron Haussmann, les scènes fumeuses et incommodes, mais illustres, où elle avait paru.

Jeune femme, elle fut l'idole des soldats conquérants, qui l'appelaient d'un bout à l'autre de l'Europe, à toutes leurs fêtes, auxquelles présidait une sorte de culte du danger, et qui ne voulaient que là téméraire acrobate, aux jours de trêve où ils célébraient leurs victoires.

Plus tard, aux temps fameux de la splendeur du boulevard du Temple, elle eut un théâtre à elle, et la corde tendue sur deux chevalets vit s'envoler jusqu'aux frises les frissonnantes paillettes de sa robe légère. Puis, retour d'une heureuse destinée! ce fut la ruine, l'obligeant à

tenter de nouveau la fortune, en d'incessantes
tournées, jusqu'à l'extrême vieillesse ; et, après
de longues caravanes, les réapparitions, à Paris,
devant une foule surprise de la voir survivre
à sa légende, admirant encore, toutefois, cette
intrépidité qui avait raison de l'âge...

Tout un passé s'évoque de vie bohémienne, et
le nom de Mme Saqui suscite un monde disparu,
où, à l'épique de la période impériale, se mêle la
falote odyssée de ces amuseurs populaires, de race
vaillante, eux aussi, qui, pour l'orgueil des bravos,
étaient capables, comme le clown de Théodore
de Banville, de sauter jusqu'aux étoiles...

Je dois exprimer mes remerciements à Mlle Jeanne
Chasles, qui a bien voulu me laisser feuilleter sa si
curieuse collection d'estampes concernant la danse, et
à M. Hartmann, qui m'a ouvert libéralement le véritable
musée qu'il a formé, au château de Conflans, de tous les
documents iconographiques se rapportant à l'histoire de
Paris. Je prie aussi MM. Lazard, sous-directeur des
Archives de la Seine, Georges Vicaire, de la bibliothèque
Mazarine, Clouzot, de la Bibliothèque de la ville de Paris,
Paul Marion, Gust. Bord, le Dr Saqui, H. Blancard, Paul
Lacombe, Maurice Quatrelle L'Épine, Desvouges, greffier
de la justice de paix de Neuilly, qui se sont intéressés
à ce travail ou m'ont indiqué de précieuses sources de ren-
seignements, d'agréer ma gratitude.

MÉMOIRES

D'UNE

DANSEUSE DE CORDE

EUGÈNE FASQUELLE, ÉDITEUR, 11, RUE DE GRENELLE

OUVRAGES DU MÊME AUTEUR

IL A ÉTÉ TIRÉ DU PRÉSENT OUVRAGE :

Quinze exemplaires numérotés sur papier du Japon.

Paris. — L. Maretheux, imprimeur, 1, rue Cassette. — 15200.

PAUL GINISTY

MÉMOIRES

D'UNE

DANSEUSE DE CORDE

— MME SAQUI —

(1786-1866)

PARIS

L<small>IBRAIRIE</small> CHARPENTIER <small>ET</small> FASQUELLE

EUGÈNE FASQUELLE, ÉDITEUR

11, RUE DE GRENELLE, 11

1907

A

G. LENOTRE

Son ami,

P. G.

MÉMOIRES

D'UNE

DANSEUSE DE CORDE

I

Un roman d'amour. — Le départ pour l'aventure. — Une
famille d'acrobates. — La noblesse du balancier. — La
« Vierge noire ». — Un moyen de comédie. — Devant Messieurs les échevins. — Une bénédiction par surprise. —
L'enlèvement d'une danseuse.

C'est par une scène de comédie-bouffe que
s'ouvre cette histoire. Elle est charmante, en sa
jeune folie, l'idylle qui unit les parents de celle
qui devait être, éblouissante au milieu des pièces
d'artifice qu'elle faisait éclater en ses prodi-
gieuses ascensions, la reine des danseuses de
corde. Il semblait, en vérité, nécessaire qu'il y

1

eût eu de la fantaisie jusque dans les circonstances qui précédèrent sa naissance.

Il y avait à Toulouse, en 1779, un jeune étu-
diant en médecine qui s'appelait Jean-Baptiste
Lalanne. Il arrivait de Lescar, en Béarn, où,
élevé par les soins d'un châtelain qui, dit-on,
avait des raisons de lui porter un intérêt tout à
fait paternel, il avait d'abord étudié pour être
prêtre. Mais, avec son indépendance native, il
avait étouffé sous l'habit du séminariste et il
s'était tourné du côté de la science. Il fut, durant
un an, studieux et zélé. Cependant, le diplôme
de maître ès arts était long à conquérir, et Jean-
Baptiste sentit en lui quelque impatience. Une
gazette de Paris lui tomba entre les mains, qui
parlait de la vente, après décès, des hardes du
Grand Thomas, « opérateur » fameux qui avait
laissé une fortune pour avoir, pendant vingt ans,
vendu des drogues et arraché des dents sur le
Pont-Neuf. La description de la tumultueuse
garde-robe du Grand Thomas frappa le jeune
Béarnais : « Une roquelaure écarlate à brandebourgs d'or, un manteau écarlate aussy brodé
d'or, un bonnet d'argent, surmonté d'un coq
d'argent et d'un soleil... » La vision qui traversa son imagination l'éblouit ; l'exemple du

charlatan se présenta à lui, tentateur. Il n'avait
pas les ressources lui permettant d'acquérir ces
triomphantes défroques, mais il était homme
à se composer, lui aussi, un costume original.
Son parti fut vite pris. Il achetait une vieille
voiture, la transformait lui-même en un char
d'aspect étrange et peint de couleurs vives, y
attelait une rosse promise à l'équarrisseur et
qu'on lui cédait pour une somme dérisoire; en
attendant mieux, il se contentait d'une robe
rouge semée d'étoiles de papier doré; dans un
coffre, il avait rangé quelques primitifs instruments de chirurgie et des flacons, remplis d'eau
pure, mais scellés d'imposants cachets, et, dans
cet équipage, il quittait un beau matin Toulouse, plein d'enthousiasme. Au fond, sa vraie
vocation s'était révélée : c'était celle de l'aventure, des courses vagabondes; de la liberté dans
le hasard.

Il parcourut ainsi le Languedoc et la Provence, amusant la foule par son bagout, faisant
lui-même sa parade, arrachant des dents, ven-
dant d'innocentes drogues qui n'en guérissaient
pas moins les paysans auxquels il inspirait la
foi, désarmant par sa bonne humeur les autorités, quand elles s'avisaient d'être ombrageuses,

et finissant par persuader la maréchaussée elle-même des vertus de son « eau souveraine », préparée d'après les secrets du premier médecin du grand-sophi de Perse. Il était beau garçon, il était fécond en ressources, il prenait la vie avec une heureuse insouciance, et il avait tôt réalisé son rêve d'avoir, lui aussi, une « roquelaure écarlate ».

En quelque champ de foire du Midi, il se trouva voisin d'une baraque d'acrobates, la famille Masgomieri, qui, parce qu'elle exerçait le même état depuis nombre de générations, avait conquis une sorte de noblesse dans le monde des banquistes du temps. Le chef actuel de la famille, Masgomieri le père, tirait quelque vanité de succéder à tant de sauteurs et à tant de danseurs, qui, dans la suite des temps, avaient tous accompli les mêmes exercices. Mais il avait surtout l'orgueil de voir, sublimés en quelque sorte en la personne de sa fille Hélène, tous les talents qui avaient illustré la dynastie. Elle était sa joie et sa fierté. Dénommée, sur l'affiche, la « Vierge noire », parce qu'elle était très brune, elle avait, dès ses débuts, dépassé son maître.

Jean-Baptiste la vit, et il s'éprit d'elle, tout de

suite, furieusement, avec la vivacité de sa nature primesautière. Mais Masgomieri conservait les distances, en sa qualité d'artiste, avec un simple charlatan. Les questions de dignité primaient tout chez lui. Un homme qui ne savait pas tenir un balancier appartenait, à son sens, à une race inférieure. Il fallut à Jean-Baptiste Lalanne beaucoup d'entregent et d'ingéniosité, pour vaincre les préventions de l'acrobate et pour entrer dans son intimité. Alors, ne pensant qu'à se rapprocher de son idole, il proposa à l'impresario une association : on joindrait aux prouesses aériennes de la « Vierge noire » son industrie à lui, en tant que bagatelle de la porte. Assurément, il ne prétendait pas augmenter l'éclat du spectacle en lui-même, et il n'était qu'un profane, en fait d'art, mais il apportait un certain esprit pratique qui faisait défaut, peut-être, à Masgomieri, trop entiché de la supériorité de son génie. Au demeurant, il avait une verve endiablée, et, à la danse de corde, qui formait la partie classique et consacrée de la représentation, on ajouterait de la comédie improvisée et de la pantomime. Il fut adroit et persuasif; après une longue discussion, Masgomieri consentit à abandonner un peu de sa

1.

morgue et accepta : Jean-Baptiste était de la maison.

Mais Hélène, elle aussi, était possédée de la vanité de caste. Vainement, le nouvel arrivé fut entreprenant et galant. Elle savait lui faire comprendre, d'un coup d'œil, l'abîme qui le séparait d'elle : qui n'était pas danseur ne comptait pas pour elle. Et Jean-Baptiste, de plus en plus amoureux, servi, d'ailleurs, par une hardiesse naturelle, apprit la danse de corde... Ce fut en le surprenant, traversant à force de volonté et de vaillance, trébuchant encore, mais s'obstinant, le câble tendu pour une répétition, qu'Hélène eut pour lui son premier regard indulgent. Suant et soufflant, il était arrivé au but, tant bien que mal.

— Ah! Mademoiselle Hélène, dit-il, si vous vouliez me donner des leçons!...

Hélène lui en donna, et, à mesure qu'il faisait des progrès, elle se montrait moins sévère. Ce moyen de faire sa cour avait été héroïque, mais il avait réussi. Chaque pirouette, bien exécutée, permettait une œillade ou un soupir. Un double saut périlleux autorisa enfin une déclaration. Comment, dans ces conditions, l'élève n'eût-il pas témoigné d'un zèle inlassable! Mais si Hé-

lène se montrait sensible, Masgomieri demeurait intraitable, et les premières ouvertures que
lui fit Jean-Baptiste sur l'ambition qu'il nourrissait de devenir son gendre faillirent rompre
toutes les relations.

Jean-Baptiste feignit prudemment, pour ne
pas perdre une intimité qui lui était si précieuse, de renoncer aux espérances qu'il avait
dévoilées. Mais, encouragé désormais par Hélène, il les gardait plus ardentes que jamais. Il
fallait user de ruse : puisqu'il aimait, ce n'était
pas l'imagination qui devait lui manquer.

La troupe Masgomieri-Lalanne (pantomimes,
danses, consultations en plein vent) se trouvait
alors à Rodez, et on lui faisait bon accueil, les
distractions étant rares dans la capitale du
Rouergue, où les petites rues mal bâties, que
les lourdes saillies des maisons de bois rendaient plus obscures, ne laissaient qu'une place
étroite pour les installations foraines. Le public,
plus rapproché, n'en était que plus attentif.
Jean-Baptiste, qui avait son idée, persuada à
Masgomieri qu'à la sympathie qui était accordée
à sa compagnie devait répondre une éclatante
manifestation de reconnaissance. Une représentation extraordinaire s'imposait. Il en élabora

l'alléchant programme : il était fait assavoir à
l'illustre population de Rodez que la « Vierge
noire » paraîtrait dans ses plus vertigineux exercices et danserait la sarabande sur la corde; que
les divers membres de la famille Masgomieri,
« sauteurs et voltigeurs », montreraient tous
leurs talents, y compris celui de jongleurs; que
la signora Masgomieri, la mère, à l'instar de la
célèbre Marie Audiger, gloire de la Foire Saint-
Laurent, ferait attacher à ses cheveux des poids
de cent à deux cents livres; et que le spectacle
se terminerait, après l'exhibition d'un animal
féroce inconnu, enfermé dans une double cage
de fer (c'était, dans l'espèce, le plus jeune des
Masgomieri, affublé d'une peau de bête), par
une pantomime représentée par tous les acteurs
de la troupe, *Arlequin vengeur et vengé.*

Jean-Baptiste alla, en personne, convier les
échevins de Rodez à occuper les places d'honneur. Au jour dit, ils arrivaient, accompagnés
de Mesdames les échevines. Les notables bourgeois se rangèrent aux gradins à seize sols; le
populaire s'installa où il put. La place — celle-là
même où demeura plus tard le banquier Fualdès
— avait un air de fête. Le théâtre, en planches
et en toile, en occupait le centre, avec un or-

La Parade.

chestre de clarinettes et de violons. Il arborait
un beau rideau neuf d'indienne à ramages, digne
de la solennité, et faisait l'admiration de la foule,
qui convenait qu'on n'eût rien négligé pour lui
plaire.

La représentation, dès son début, reçut l'approbation générale. Les frères Masgomieri firent
plus qu'ils n'avaient promis, en ajoutant au programme des tours de gobelets, avec une agilité
et une prestesse admirables. Masgomieri le père,
se souvenant de son passé illustre, retrouva ses
vingt ans pour accomplir de merveilleuses cul-
butes sur des échasses. La « Vierge noire » fut
incomparable de grâce et d'audace, et sa sarabande provoqua un unanime enthousiasme. Certains magistrats ruthénois se surprirent à contempler son visage, qui était charmant, sous la
lourde couronne de ses épais cheveux noirs, avec
plus de plaisir que ne le permettaient leurs
fonctions. La signora Masgomieri, qualifiée sur
l'affiche de « femme forte », soutint, en effet, sa
réputation, et un de ses fils, travesti en Vulcain,
installa sur son ventre solide une enclume, sur
laquelle il frappa avec entrain à l'aide d'un
marteau. L'animal féroce, qu'on tint dans une
pénombre prudente, poussa des rugissements

tout à fait terrifiants. Vint, enfin, le moment de
la pantomime, qui était le fruit des méditations
de Jean-Baptiste, et son œuvre. Voici, en ses
lignes essentielles, quel en était le scénario :
Arlequin, fort amoureux de Colombine, fille de
M. Cassandre, éprouvait le plus pitoyable échec
lorsqu'il demandait sa main. M. Cassandre, riche
bourgeois, ne se pouvait accommoder de faire
entrer dans sa famille respectable, un aussi
aventureux personnage. Alors, Arlequin jouait
tous les mauvais tours possibles à M. Cassandre,
avec un infernal aplomb, mais il s'y prenait de
telle sorte que ces méchantes plaisanteries pussent être attribuées à un innocent soupirant.
Arlequin intervenait au moment où M. Cassandre était exaspéré, il était censé surprendre
en flagrant délit le timide jouvenceau sur lequel
il avait détourné les soupçons, le convainquait par
la force de tous les méfaits qu'il avait lui-même
commis, et, se donnant comme le sauveur de la
tranquillité du bon vieillard, se réconciliait avec
lui et obtenait son consentement à son mariage.
Canevas au moins clair et qui ne fatiguait pas
outre mesure, pour être suivi, l'intelligence des
bourgeois de Rodez.

Cassandre, c'était Masgomieri ; Colombine,

c'était Hélène; Arlequin, c'était Jean-Baptiste
Lalanne. Celui-ci fut éblouissant de gaieté et de
verve, et, pour l'exposition de son plan, il fallait,
en effet, qu'il eût gagné sa cause auprès du
public et mis les rieurs de son côté. Il eut de si
plaisants jeux de scène, il fut si amusant, que,
en quelques instants, n'ayant guère, en fait,
qu'à s'abandonner à sa verve naturelle, il eut
conquis les spectateurs, qui l'applaudissaient de
toutes leurs forces.

On approchait du dénouement. Excité par le
succès, le père Masgomieri se piquait, lui aussi,
d'être fort comique. Ce fut avec un geste large
qu'il donna sa bénédiction aux futurs conjoints,
et qu'il les pressa sur son cœur. Tempêtes de
rires dans l'assistance. Alors, brusquement,
Arlequin s'avança sur le devant de la scène, et
fit un grand salut:

— Messieurs les Échevins, dit-il, et vous,
Messieurs les bourgeois de Rodez, je vous
prends à témoins que M. Masgomieri, ici présent, vient de me donner sa fille en mariage,
et sa bénédiction par-dessus le marché... Vous
ne trouverez pas mauvais que je l'emmène
tout de suite, car il est tard, déjà. Sur quoi,
je vous dis adieu de tout mon cœur... Mes-

sieurs les violons, vos airs les plus gais, je vous prie...

Applaudissements, tumulte de joie, dans une surprise où l'on ne sait encore s'il s'agit d'une improvisation bouffonne de l'Arlequin, pour ajouter au ragoût de la pièce, ou d'un événement véritable. Cassandre a compris, lui, qu'il est dupé en réalité, et donne les signes d'une terrible colère. Il se jette sur Jean-Baptiste et le veut empêcher de sortir de scène. Le public, qui finit par s'aviser qu'il s'agit, au delà de la farce, d'un petit roman d'amour, soutient le parti de la jeunesse et prend fait et cause pour l'Arlequin, qui a trouvé ce moyen ingénieux de se marier devant les autorités, amusées ; des spectateurs interviennent, paralysent un moment la résistance du bonhomme Masgomieri, stupéfait de ce tour d'audace, et, au milieu du désordre, Jean-Baptiste et Hélène s'esquivent... Une voiture les attendait : en quelques minutes, ils étaient loin déjà de Rodez.

C'est ainsi, et par un des meilleurs tours de son métier, que Lalanne enleva sa femme : ce ne fut que bien plus tard — pour le moment, les deux amoureux étaient trop pressés — que, bien qu'annoncée aux magistrats les mieux qualifiés du Rouergue, ils s'aperçurent que leur union n'avait peut-être pas été des plus régulières. Ils la firent bien, alors, consacrer, mais où étaient déjà les belles ardeurs de la passion?

II

L'ivresse de la liberté. — Une page de roman comique. — Une évasion. — Arlequin et Colombine errants. — La cloche des Perdus, — L'abbaye d'Aubrac. — Une halte. — Réconciliation.

Tout était charmant, en cette aventure. Ils s'en allaient vraiment au hasard, avec la seule préoccupation de mettre entre eux et l'intraitable chef de la troupe la plus grande distance possible. Ils avaient eu tant de hâte à fuir qu'ils avaient conservé l'un et l'autre leur costume de théâtre, et, quand ils s'en aperçurent, dans la charrette paysanne qui les emportait au grand trop d'un vif petit cheval, ils se mirent à

e, avec leur belle insouciance, ces habits
aient fort légers.

— Bah ! dit Hélène, sentant un petit frisson
ans le soir qui tombait sur la campagne, on se
errera plus l'un contre l'autre !

Elle se blottit sur la poitrine de Jean-Baptiste,
ans un ravissement indifférent à tout.

Sur l'ordre qui lui en avait été donné, le voi-
urier avait abandonné la grande route, s'était
ngagé dans des chemins où l'on risquait moins
a poursuite. Maintenant, c'était la nuit. Les
eures avaient passé, délicieuses, dans un
avardage d'amants qui n'ont plus de con-
ainte, et ils avaient perdu toute notion du
mps.

La voiture s'arrêta enfin.

— Plus loin encore ! dit Jean-Baptiste.

— Plus loin ? fit le conducteur. Ma foi, Mon-
eur, vous continuerez donc seul, s'il vous
aît. Ma bête n'en peut plus, et j'ai fort envie
de dormir... Depuis notre départ, nous avons
ait dix grandes lieues, et il ne serait pas
aisonnable d'en demander plus à un cheval
ui a marché à cette allure...

Il désigna une fort pauvre maison qui s'aper-
evait dans l'ombre.

— Et puis, ajouta-t-il, voici la dernière auberge. Au delà, ce ne sont plus que châtaigniers et montagnes...

Il descendit de son siège, et, sans attendre la réponse, frappa à la porte. Elle fut longue à s'ouvrir; quand l'hôte parut, sa lanterne à la main, il recula d'étonnement en voyant les singuliers voyageurs que le sort lui amenait.

— Bon Dieu! s'écria-t-il, sont-ce là des chrétiens!

Il ne lui avait jamais été donné de contempler un Arlequin et une Colombine, et il ne savait à qui il avait affaire.

L'intervention du voiturier le décida cependant à les héberger, mais non sans défiance encore. Il n'allait sûrement pas donner à ces êtres bizarres l'unique chambre où il logeait les étrangers. En rechignant, il les conduisit dans un taudis et il ne consentit à leur donner, à souper, qu'un peu de pain et de fromage de chèvre. Mais qu'importait aux amoureux ce misérable gîte, que leur importait cet humble décor? Ils n'avaient faim et soif que de baisers, ils ne se souciaient que de leur tendresse, et ils oubliaient tout ce qui n'était pas elle...

Cependant, le lendemain, ils s'avisèrent qu'ils

n'avaient point d'argent. Il n'y a pas de poche aux costumes d'Arlequin, et Jean-Baptiste, en vrai fils de Bohême qu'il était, avait songé à tout, en organisant sa fuite, sauf à se munir de quelque monnaie.

Au grand jour, leurs oripeaux paraissaient plus extraordinaires encore. La famille de l'aubergiste, femme, enfants, servantes, s'assemblaient autour d'eux, et la nouvelle s'était vite répandue dans le pays, bien que la maison fût assez isolée, de l'arrivée de personnages qui semblaient fabuleux. Les gens survenaient, peu à peu, qui les considéraient curieusement. La situation devenait assez embarrassante.

— En route! commanda bravement Jean-Baptiste à l'homme qui les avait conduits.

Mais celui-ci avait réfléchi, pendant la nuit. L'aventure commençait à lui paraître suspecte, à lui aussi, et il entendait n'y être point mêlé plus longtemps. Il refusa de repartir et demanda à être payé. C'était, dans le moment, la plus impertinente des demandes; et, pourtant, puisque les choses tournaient ainsi, le plus urgent était de se débarrasser de lui. L'homme était, heureusement, assez taciturne de nature, et, ne sachant rien, d'ailleurs, n'avait

2.

que sommairement répondu aux questions dont on l'avait pressé sur ses voyageurs. A présent, il était surtout désireux de regagner Rodez au plus vite.

Que faire? Jean-Baptiste, bien que prompt aux décisions, d'habitude, ne savait quel parti prendre pour congédier ce témoin gênant. Ce fut Hélène qui trouva le moyen de le renvoyer. Elle portait au cou une petite croix d'or et elle avait à l'un de ses doigts une assez jolie bague :

— Monsieur le voiturier, dit-elle de sa voix la plus câline, remettez ces gages, qui valent bien, je crois, votre salaire, à M. Masgomieri, que tout le monde vous indiquera, et il vous payera largement de vos peines... Et vous n'oublierez pas d'ajouter que nous espérons bien, un jour, son pardon.

L'homme accepta, et s'en alla. Mais cet expédient créait d'autres dangers, car les fugitifs signalaient ainsi eux-mêmes la direction qu'ils avaient prise, et la colère de Masgomieri, mystifié comme ne le fut jamais aucun M. Cassandre, devait être encore assez vive pour qu'il songeât à courir à leur recherche et à les séparer. Il fallait donc, sans délai, gagner de l'avance d'un autre côté.

Cependant, l'hôtelier s'inquiétait, excité par les commérages de sa tribu, du couple falot qui s'était arrêté chez lui, sans le moindre bagage. Il fit monter, sous quelque prétexte, par un méchant escalier, dans une sorte de grenier, et entama un interrogatoire en règle. C'était un paysan sournois, et qui n'aimait pas l'imprévu.

— Mon ami, dit Jean-Baptiste avec aplomb, vous devez voir de reste que je suis un fils de famille, et que madame est, en sa grâce parfaite, tout le contraire d'une personne du commun... C'est par suite d'une de ces gageures auxquelles nous prenons souvent plaisir, nous autres gens de qualité, que nous sommes ici... Dans quelques instants, sans doute, vous verrez apparaître nos valets, avec nos équipages... ils vous payeront votre dépense... Un gentilhomme de nos amis nous suivra de près... Gardez-vous de lui dire, car vous me feriez perdre un pari de mille louis, le chemin que nous avons pris...

L'aubergiste haussa les épaules :

— Monsieur le lieutenant de la maréchaussée déjeune précisément aujourd'hui à Cadouls, à deux lieues de chez nous... je l'ai envoyé prévenir... C'est à lui que vous conterez votre histoire, s'il vous plaît...

Et il se retira, ayant fermé, d'une clef énorme, introduite dans une vaste serrure, la porte massive du grenier.

Précaution bien vaine, s'il avait su à qui il avait affaire ! Il y avait une fenêtre donnant sur la campagne. Pendant qu'on surveillait le devant de la maison, Jean-Baptiste et Hélène, pour qui une descente le long d'une gouttière n'était qu'un jeu, avec leurs talents de souples acrobates, s'évadaient prestement, et, bien avant l'arrivée du représentant de l'autorité, étaient loin déjà. Mais dans quel état fâcheux ! Obligés de se cacher, ignorant le pays, s'engageant dans une contrée qui devenait de plus en plus sauvage ! Un petit berger, faisant cuire des châtaignes sur un feu de branches mortes, s'enfuit, épouvanté, en apercevant l'Arlequin et la Colombine errants. La peur qu'ils lui inspirèrent eut ce bon côté de leur laisser les reliefs de son repas. Ils y firent honneur, et, après tout, comme ils n'avaient pas perdu leur gaîté, ils ne se trouvèrent point si malheureux, puisqu'ils étaient ensemble et qu'ils s'aimaient : c'étaient d'excellentes conditions pour prendre leur misère en souriant.

Pourtant, l'éveil avait pu être donné par l'aubergiste, et ils n'étaient pas difficiles à reconnaître. Il était prudent de négliger les chemins tracés. Ils escaladèrent gaillardement la montagne, se tenant enlacés, et, malgré les déboires du moment, formant de beaux projets d'avenir. Ainsi allaient-ils, joyeux, braves, épris plus que jamais l'un de l'autre, vers l'inconnu.

Une hutte abandonnée de bûcheron leur fournit un abri pour la nuit. Cette nuit-là était douce, il y avait des étoiles plein le ciel, la senteur des genêts parfumait l'air; ils avaient pour eux leur triomphante jeunesse. Il ne songeaient pas à se plaindre.

Dans le frissonnement délicieux de l'aube, ils reprirent leur route, grisés d'air vif. De quoi se fussent-ils préoccupés? Le sort clément leur avait fait trouver, dans la cabane, quelques rustiques provisions. Une source voisine les avait désaltérés et avait offert à Colombine le luxe d'un mouvant miroir, pour rajuster sa lourde chevelure... Sur l'autre versant de la montagne devait bien se jucher quelque village : ils y donneraient une représentation, qui serait le commencement de leur fortune nouvelle. Et ils allaient, se moquant de tout, en se répétant qu'ils s'adoraient.

Ce fut encore pour eux une journée char-

mante. Mais, vers le soir, le temps changea
brusquement, un orage menaça, puis éclata,
furieux, et ce fut un déluge. Oh! la pauvre jupe
légère de Colombine; oh! l'habit fragilement
diapré d'Arlequin! Ils essayaient de ne pas
s'alarmer, mais l'eau ruisselait sur leurs frêles
costumes, et ils grelottaient. Dans l'obscurité
venue, ils ne savaient plus où ils étaient, et une
implacable pluie les aveuglait.

— J'ai froid, dit Hélène.

— Réchauffe-toi sur mon cœur, ma mie, fit
Jean-Baptiste.

Mais ce qui lui restait de bonne humeur, malgré la tourmente, sonnait creux. Certes, Hélène
était vaillante, mais elle était à bout de forces,
et le moment vint vite où Jean-Baptiste, inquiet
sérieusement, se désespéra de ne rien pouvoir
pour la secourir. Ils s'étaient arrêtés, tous deux,
au pied d'un rocher, en détresse, quand le son
d'une cloche parvint à leurs oreilles. Elle tintait,
rapidement, comme un appel d'espoir.

— Cette cloche, dit judicieusement Jean-Baptiste, ne sonne pas toute seule... Nous ne
sommes donc pas très éloignés d'êtres humains,
et ce désert, tout désert qu'il soit, est habité
quelque part...

Sous la rafale, ils se dirigèrent du côté où elle retentissait. Encore lointaines, des lumières leur apparurent, et ils reprirent courage. Une sorte de route était frayée, maintenant, d'ailleurs, conduisant à un massif édifice que leur faisait entrevoir, par instants, la lueur des éclairs. La grosse voix de la cloche leur parut, dans leur épuisement, l'harmonie la plus délicieuse du monde.

Ils s'approchèrent, et, bientôt, ils se trouvèrent près d'une porte gothique, au seuil d'une grande tour carrée, au milieu de vastes bâtiments.

Jean-Baptiste, soutenant Hélène, anéantie de fatigue, appela à l'aide. Derrière la porte, il entendit des pas, puis un cliquetis de clefs, et l'huis s'entrebâilla. Un moine, en robe noire, avec une croix bleue sur la poitrine, se montra, portant une lanterne à la main, qu'il faillit lâcher de surprise, à la vue du lamentable et comique accoutrement des voyageurs. Il se remit, cependant, et murmura la formule consacrée :

— Soyez les bienvenus dans la maison du Seigneur!

Mais, laissant là un instant ses hôtes, il courut

avertir d'autres religieux, qui survinrent, ne paraissant guère moins stupéfaits que lui, devant l'Arlequin et la Colombine transis, et faisant cercle autour d'eux.

— Ma foi, mes bons Pères, dit Jean-Baptiste, ce n'est guère pour notre plaisir, je vous assure, que nous sommes ainsi vêtus...

Les moines sourirent, et ils les introduisirent dans une salle où flambait un grand feu, dont la flamme éclaira la bizarrerie de leurs hardes trempées, décolorées par l'eau.

Les amoureux, par bonheur, étaient arrivés à l'abbaye d'Aubrac, vieille maison hospitalière, offrant quelque réconfort aux égarés de la montagne, assurant un refuge passager aux pauvres, organisée, depuis bien des années, pour l'exercice de la charité immédiate, et la cloche qui les avait guidés, c'était la « cloche des Perdus ». Mais si on avait vu déjà bien des loqueteux, on n'en avait jamais reçu d'aussi curieusement affublés. Ranimés par la chaleur, ils retrouvèrent vite leur gaîté, qui s'épanouit quand on leur eut apporté de vieux frocs pour se couvrir plus pratiquement, et qu'on leur eut servi un repas dont ils avaient grand besoin. Hélène, malgré les récentes épreuves, trouvait le moyen d'être charmante en moinillon. Mais la règle du monastère exigeait qu'on séparât, pour les heures de repos, les conjoints les plus réguliers eux-mêmes. Pour retarder ce moment fâcheux, Jean-Baptiste, en possession de toute sa verve, conta aux solitaires d'Aubrac mille histoires plaisantes, qui les retinrent longtemps.

Le lendemain, on pourvut un peu à leur état de dénuement, on leur donna quelques indications sur les chemins à prendre, et les frocs qu'on leur avait abandonnés furent transformés en manteaux, dans lesquels ils se drapèrent, vaille que vaille, pour dissimuler la misère de leurs costumes déchirés et fripés. Leur accoutrement demeurait singulier.

Ils allaient devant eux, héros d'un autre roman comique, quand ils firent la rencontre d'un garde-chasse, qui les arrêta un peu rudement, au passage, leur demandant de quel droit ils pénétraient sur les terres de son maître. La rencontre tourna au mieux, cependant. Le seigneur de Cabanolles mariait sa fille, et il y avait nombreuse compagnie en son château. Les talents de gens aussi féconds en imaginations divertissantes seraient les bien venus : c'était la Providence qui les envoyait pour contribuer à

la variété des fêtes. Hélène et Jean-Baptiste
furent, en effet, bien reçus; on les habilla de
neuf, ce qui n'était pas superflu, on les logea
dans une excellente chambre, on les nourrit co-
pieusement, et, en échange de ces bons procédés,
ils amusèrent dix jours durant les hobereaux
réunis, fertiles en tours, jongleries et acroba-
ties. Jean-Baptiste, à propos de quelque menu
accident, eut même l'occasion de prouver qu'il
était expert en chirurgie. M. de Cabanolles, bonhomme tout rond, se pâmait d'aise, déclarait
n'avoir jamais vu des gens aussi plaisants et ne
se pouvait plus passer d'eux. Au bout des dix
jours, il leur proposa de les garder au château.
L'offre était tentante, mais Arlequin et Colombine s'allaient-ils embourgeoiser ainsi? Ils
avaient le goût et le génie de l'aventure, et leur
liberté leur était plus précieuse que le gîte le
mieux assuré.

Un peu mieux pourvus, toutefois, qu'à leur
arrivée, possesseurs d'un mulet qui porte leur
léger bagage, ils vont à travers les bourgs des
Cévennes. Jean-Baptiste est redevenu opérateur, Hélène danse; tous deux composent un
spectacle selon les goûts de leur public. Quelques mois se passent ainsi; puis, un jour, à

Privas, ils aperçoivent une baraque qu'ils con-
naissent bien : c'est celle des Masgomieri. Ils
ressentent quelque émotion; ils y pénètrent
timidement, inquiets de l'accueil qui leur sera
réservé : le père Masgomieri tourne la tête vers
eux, croit défaillir, tant il éprouve de joie,
ouvre ses bras aux fugitifs, sans un reproche, et
leur dit simplement :

— Il y a si longtemps que je vous attendais !
Puis la vie reprend, en commun, avec des hauts
et des bas. Un enfant vient au jeune couple,
qu'on baptise Laurent, et, l'année d'après, un
autre, une petite fille, qu'on appelle Marguerite-
Antoinette. C'est le 26 février 1786, et la troupe
se trouve, par hasard, à Agde, « les parents, dit
l'acte de baptême qui estropie un peu le nom
des Masgomieri, passant ici pour leur commerce ».

C'est la future Mme Saqui. On lui donne,
comme parrain et marraine de rencontre, qui,
en effet, ne se soucieront plus beaucoup de leur
filleule, Antoine Dufour, probablement marchand forain, et Marguerite Vallette, épouse de
Guillaume Ferrand, le patron de l'auberge où la
fillette est venue au monde.

III

En 1852, vieille femme déjà (mais le sort lui
réservait des aventures encore) Mme Saqui
essayait de conter ses souvenirs, un peu brouillés
— et elle confondait étrangement les dates, en
effet — à un rédacteur de cet éphémère *Eclair*
que dirigeait Villedeuil et où débutèrent les
Goncourt. Ils ont tracé de cet *interviewer* du
temps, qui s'appelait Vinet, un amusant portrait en raccourci. C'était un petit homme, jaune

de poil, à l'œil saillant de « jettatore ». De fait, il passait pour porter malheur, et Murger, qui l'avait connu au *Corsaire*, a conté plaisamment qu'il était déplorable de le rencontrer quand on courait à quelque bonne fortune : il survenait toujours, au dernier moment, quelque obstacle au rendez-vous. Vinet, qui termina sa carrière à l'*Univers*, était confit en dévotion et gardait volontiers un air compassé. Au milieu d'une rédaction jeune, fougueuse, libre d'allures, Aurélien Scholl, arrivant, fringant, de Bordeaux, Roger de Beauvoir, pétillant, Gaiffe, qui devait être le dernier survivant de cette génération, Théodore de Banville, délicieusement pradoxal, Louis Enault, d'une élégance un peu précieuse, Alphonse Karr, narquois, Vinet « semblait un saint égaré dans une bande de malfaiteurs »; mais, sous ses apparences de dévôt sans cesse offusqué, il n'en avait pas moins le mot plus libre que les autres.

Ce *jettatore* porta malheur au journal, car cette feuille légère, tout anodine qu'elle paraisse aujourd'hui, ne tarda pas à être supprimée, et, du coup, il ne put interroger Mme Saqui que bien peu de temps. Elle n'avait guère évoqué pour lui que son enfance.

3.

Elle se rappelait son arrivée à Paris. C'était alors une petite personne de cinq ans, élevée jusque-là, en Béarn, dans le pays de son père, et qui, recommandée successivement aux conducteurs, aux maîtres de poste, aux postillons, avait fait toute seule ce long voyage. La diligence débarquait alors rue Saint-Martin. C'est là que l'attendaient, non sans un peu d'inquiétude, son père et sa mère, Parisiens depuis quelque temps. Après bien des caravanes, ils faisaient désormais partie de la troupe des « grands Danseurs du roi », dirigée par l'ingénieux et célèbre M. Nicolet. Jean-Baptiste Lalanne, à présent virtuose de la danse de corde, était devenu « Navarin-le-fameux », et il comptait parmi les meilleurs sujets de la compagnie. Il avait assez de réputation pour avoir été choisi, un jour, par le comte d'Artois — le futur Charles X — pour lui donner des leçons, quand le frère du roi eut la fantaisie de s'exercer sur la corde, travail d'équilibre qui devait être une excellente préparation pour un homme pouvant être appelé au métier de souverain. Il ne se souvint pas assez de ces leçons-là quand il le pratiqua.

L'enfant, un peu éblouie par le mouvement de la grande ville, mais ayant, surtout, fort

CHARLES-PHILIPPE DE FRANCE, Comte d'Artois.
(D'après le tableau attribué à Mme VIGÉE-LEBRUN.)

envie de dormir, fut, après une course qui lui
sembla interminable, conduite au logis paternel,
rue Mazarine. Elle y retrouva son frère Laurent,
à qui on inculquait déjà les premières notions
de l'art cultivé avec honneur dans la famille.

Le lendemain, la petite était encore au lit
quand un vieil homme, grand et sec, entra dans
sa chambre. Une longue lévite bleue lui battait
les talons, laissant entrevoir des bas blancs,
ou qui l'avaient été, dans de gros souliers à
boucle. Sa perruque, mal poudrée, ayant fait
un long usage, se terminait par une petite
queue, dite « en salsifis », que le continuel mouvement de son cou et de ses épaules agitait
bizarrement. Sous son chapeau à larges bords,
qu'il ne quittait guère, on n'apercevait d'abord
que son nez, de vastes proportions, et qui
s'avançait audacieusement. Ses yeux, habituel-
lement mi-clos, s'ouvraient tout à coup, par
instants, comme pour lancer un peu de flamme,
puis ses paupières se refermaient presque
entièrement. Il s'appuyait sur une canne à bec
de corne de buffle, raccommodée en plusieurs
endroits. Ce personnage original n'était autre que
l'illustre M. Nicolet lui-même, traînant avec soi
un glorieux passé d'amuseur public. Et de quelles

façons ne s'était-il pas employé à satisfaire la
foule depuis les temps lointains où, dans la
baraque où s'agitaient les marionnettes pater-
nelles, il avait entrepris cette tâche difficile,
depuis l'époque où le singe savant, célèbre par
les couplets de Boufflers, et qui imitait l'acteur
Molé, avait fait courir tout Paris ! Quel genre de
divertissement, fait pour piquer la curiosité,
n'avait-il pas imaginé, naguère, à la Foire Saint-
Laurent, où, en dépit des ordonnances, il avait
peu à peu élargi son spectacle ? Connaissant ses
Parisiens, il avait su, quand il l'avait fallu,
paraître quelque peu frondeur de l'autorité, tout
en restant en assez bons termes avec elle, car
c'était un fort habile homme, et énergique, au
demeurant. Il avait bien prouvé sa volonté en
construisant son théâtre du boulevard du Temple, malgré mille empêchements, et en le faisant prospérer, en dépit de toutes les persécu-
tions des théâtres privilégiés, en obtenant,
contre vent et marée, la protection du roi lui-
même, en tournant adroitement les défenses
administratives pour ajouter aux tours des danseurs et des sauteurs des comédies que compo-
saient Beauvoir et Taconnet, le légendaire
Taconnet, ne trouvant son inspiration que dans

le vin, et qui, lorsqu'il voulait exprimer le dernier degré de son dédain pour quelqu'un, disait :
« Je le méprise comme un verre d'eau. »

Quelles luttes n'avait-il pas soutenues avec
une verve combative toujours prête ! A présent,
c'était un directeur important, appointant trente
acteurs et acrobates, ayant un orchestre de vingt
musiciens. La chronique du temps assure qu'il
était d'ailleurs fort expert, avec ses habitudes
d'économie, à rattraper en amendes ces appointements qu'il accordait généreusement sur le
papier. Tout lui était prétexte à amendes, et il
s'entendait même assez joliment à en provoquer
les occasions. C'est lui qui, entamant une partie
de dames avec un de ses pensionnaires, peu de
temps avant le commencement d'une répétition,
s'arrange de façon à la prolonger, avec d'abon-
dantes plaisanteries, gagne et empoche l'enjeu.
Puis il regarde sa montre et fronce les sourcils ;
l'heure de la répétition est passée de quelques
minutes. En ce qui concerne le service, M. Nicolet ne badine pas : le comédien, qui, déjà,
vient de perdre, sera inflexiblement mis à
l'amende. C'est lui qui, pendant qu'un artiste
est en scène, monte dans sa loge et y allume
une chandelle qui, selon les règlements, doit

être éteinte. Négligence grave, et qui doit être punie par une retenue sur les appointements! C'est ce que M. Nicolet appelait de la bonne administration. Par contre, il était généreux en compliments, et, connaissant bien l'âme des gens de théâtre, il flattait volontiers leur vanité, ce qui ne lui coûtait rien.

On était aux débuts de la Révolution, et M. Nicolet, qui avait dû jadis user de tant d'artifices pour ménager la susceptibilité des grandes scènes dont il était tributaire, commençait à jouir d'une pleine liberté. L'âge n'avait pas tempéré ses ardeurs d'impresario et il avait encore de vastes projets. Peut-être songeait-il déjà, la faveur royale ayant cessé d'être la recommandation suprême, à débaptiser son théâtre, comme il le fit plus tard en lui donnant ce nom, s'accommodant avec tous les régimes, de Théâtre de la Gaîté.

M. Nicolet avait coutume de rendre de petites visites à ses artistes, le matin, familièrement, allant, au hasard de ses promenades, chez l'un ou chez l'autre, faisant la critique de la représentation de la veille, essayant, en dehors de la solennité du cabinet directorial, ses idées, ou en cherchant dans ses conversations avec les ac-

jours. C'est ainsi qu'il était entré chez Navarin-le-Fameux.

Nous aurons ce soir du beau monde, mon cher, lui dit-il. Il s'agit de se frictionner les vertèbres avec de la graisse de couleuvre.

C'était une de ses plaisanteries habituelles avec les acrobates qui, dans son spectacle, continuaient à tenir une place importante, de même qu'il avait conservé la tradition de la parade. Navarin-le-Fameux, à ce moment, sur les instigations de son directeur, avait compliqué de volontaires difficultés la danse de corde, et son triomphe était le grand saut périlleux au-dessus de la planche de feu ».

M. Nicolet aperçut la petite Marguerite, qui se réveillait au bruit de l'entretien. Il se pencha vers elle.

— Tudieu! la belle petite pomme d'api! Mes compliments, Navarin.

Mais M. Nicolet s'attardait rarement à faire du sentiment. Il regarda de nouveau l'enfant avec attention.

— Tu l'amèneras aujourd'hui au théâtre, dit-il au danseur.

— Si vous le voulez, mais pourquoi?

— J'ai un rôle pour elle.

— Pour elle?... Mais elle arrive de la campagne, elle ne sait rien, et elle ne parle encore que le patois béarnais.

— Peu importe. Il ne s'agit que de rire, de pleurer et de crier deux fois : « Maman! »

Voilà comment Marguerite Lalanne, le lendemain de son arrivée, fut engagée au théâtre de M. Nicolet pour jouer Benoni, l'enfant de Geneviève de Brabant, dans une pièce consacrée à cette héroïne infortunée.

Huit jours plus tard, car les choses ne traînaient pas, avec M. Nicolet, elle faisait ses débuts sur les planches. Ce ne furent pas, d'ailleurs, des débuts heureux, sans qu'il y eût là, pourtant, de sa faute. Il y a une biche, de toute nécessité, dans *Geneviève de Brabant*. Le rôle de la biche était confié, pour plus de commodité, à une chèvre, qui s'était docilement comportée pendant les répétitions. Mais, aux lumières, elle prit peur; elle eut, devant le grand public, une nervosité d'artiste qui se traduisit d'une façon regrettable. Elle échappa à l'enfant, qui essaya de la retenir; mais qui ne fut pas la plus forte, et qui tomba de tout son long sur la scène, tandis que la chèvre s'abîmait dans le trou du souffleur.

Cette mésaventure n'en avait pas moins inspiré à la fillette le goût du théâtre. Elle figura
dans les apothéoses, costumée en amour; elle
remplit tous les rôles d'enfant; elle fut une des
fleurs animées dans la reprise du *Temple de
Hymen*. Mais une âme d'artiste s'éveillait en
elle et, bien qu'elle ne fût encore que haute
comme la main, elle rêvait déjà de mériter des
applaudissements qui lui fussent personnels.

Dans le logis de la rue Mazarine, son frère
Laurent, tout fier de sa jeune science, fut son
premier maître, lui apprenant les exercices
d'assouplissement élémentaires, lui enseignant
à se courber, à se tordre les reins, à ébaucher
de menus tours d'adresse. Sa vocation se dessinait, évidente ; Navarin entreprit méthodique-
ment son éducation, charmé, en son orgueil
paternel, des dispositions qu'il trouvait à son
élève : au bout de peu de temps, Marguerite
avait sa petite place sur le programme, sous le
nom de la « Petite Basquaise », que lui avait
imposé M. Nicolet.

Soirée solennelle! Habillée en mignonne ber-
gère, toute pomponnée, toute pavoisée de rubans,
Marguerite s'avança sur la scène, en compagnie
de son père, et tous deux saluèrent gravement

4

le public. On apporta à Navarin, sur un plateau,
une pièce de deux sols qu'il plaça entre ses
dents, puis il mit sa fille dans le creux de sa
main et il l'éleva à la hauteur de ses épaules.
Marguerite se pencha en arrière, se courba len-
tement en demi-cercle, et sa bouche alla prendre
la pièce dans celle de Navarin. Et cela était fait
avec tant de grâce et de sûreté que la foule,
bien qu'habituée, assurément, à de plus grands
prodiges, mais touchée par l'extrême jeunesse
de la débutante, lui accorda de sympathiques
suffrages. Mme Nicolet, qui, jadis, avait joué
Jeanne d'Arc dans le *Siège d'Orléans*, l'embrassa
quand elle fut rentrée dans la coulisse et lui
prédit un bel avenir. M. Nicolet promit une gra-
tification qui resta toujours à l'état de promesse;
il est vrai qu'il en parlait parfois, en grossissant
le chiffre, mais en remettant toujours la réalisation. Du moins il s'y entendait en vaillance, et
il avait reconnu l'enfant pour être de la race de
ceux qui portent en eux la généreuse folie de la
tentation du péril. Elle l'avait, en effet, quand,
aux répétitions, elle cherchait à imiter les
prouesses des équilibristes, des « tourneurs »,
des acrobates qui, pendant les entr'actes, donnaient raison à la vieille devise de la maison :

« De plus fort en plus fort. » Après avoir commencé à la former au métier, une sorte de timidité s'était emparée, en ce qui concernait sa
fille, de Jean-Baptiste Lalanne, et, tandis qu'il
avait pour lui-même toutes les audaces, il lui
arrivait d'hésiter à la faire « travailler ». Alors
la petite, dépitée, se réfugiait auprès de Desvoyes qui, dans un costume de jockey, dansait,
avec une extraordinaire vivacité, l' « anglaise »
sur la corde. Desvoyes avait pris Marguerite en
amitié et se faisait volontiers son professeur.

Un an se passa dans ces tâtonnements, dans
ces ébauches de présentation au public. Mais la
Révolution suivait son cours ; elle avait pour
effet, en ce qui regardait les théâtres, de sup-
primer les dernières restrictions de leur liberté,
de les affranchir de leurs anciennes divisions de
genres et de spécialités. Avec ce sens de l'opportunité qu'il avait toujours eu, M. Nicolet se sen-
tait maintenant, tout vieux qu'il fût, une âme
de patriote. Des à-propos de circonstance prirent
peu à peu la place des intermèdes acrobatiques.
M. Nicolet congédia la plupart de ses faiseurs
de tours. Ne s'avisa-t-il pas, lui qui, naguère,
avait souffert de la tyrannie des comédiens-fran-
çais, jaloux de leurs privilèges et de leur droit

de contrôle sur les petits théâtres, de représenter sur sa scène le répertoire de Molière! Le paillasse Becquet, personnage important, et qui avait vieilli, sans rien perdre de sa verve, sous la blouse à carreaux, les commentait, à la porte il est vrai, avec des lazzis imprévus.

Un accident était arrivé, un soir, à Navarin-le-fameux : voulant se surpasser et mettant sa coquetterie à lutter, par la grâce et l'audace de son jeu, contre ces étranges et, pour lui, déroutantes innovations de l'impresario, il était tombé et il s'était cassé la jambe droite dans sa chute. M. Nicolet, trop avisé en affaires pour n'être pas ingrat, profita du malheur qui frappait son pensionnaire pour résilier avec désinvolture son engagement. Au demeurant, Jean-Baptiste se rétablit difficilement, et il n'était que trop certain que la danse lui serait désormais impossible. La famille Lalanne, après quelques années de prospérité, retombait brusquement dans la misère. Adieu les succès devant une salle de vrais connaisseurs, et les joies d'artiste ayant cherché, pour en triompher, les plus subtiles difficultés! Adieu le beau surnom de Navarin-le-fameux, évoquant des heures de gloire! L'heure politique était mauvaise, d'ailleurs, au

La Princesse de LAMBALLE.

(D'après GRÉVEDON.)

milieu des foudroyants événements qui se déroulaient, pour les représentants d'un art qui, sans
concessions, gardait sa pureté classique. Jean-
Baptiste, le cœur serré, prit le parti de quitter
Paris et de recommencer sa première existence
de chirurgien populaire. Il vendit son mobilier
de la rue Mazarine; Hélène, de son côté, se
défit, pour peu de chose, en raison de la dureté
des temps, des quelques bijoux qu'elle possédait, et on acheta une petite patache à deux
roues qui devait servir, avec un aménagement
de quelques toiles de couleurs vives, pour les
opérations en plein vent.

La famille se mit en route, de nouveau, pour
l'aventure, le 3 septembre 1792. A midi, l'humble
voiture traversait la rue Saint-Antoine, quand
elle fut arrêtée par un grand mouvement de
foule. Une bande d'hommes furieux débouchait
de la rue des Ballets, dans une frénésie farouche.
L'un d'eux, au bout d'une pique, portait une
tête sanglante dont les cheveux pendaient en
mèches coagulées; un autre, un grand char-
bonnier, arborait, comme un autre trophée, au
bout d'un bâton, un lambeau de chemise. Quelques instants auparavant, celle qui avait été la
charmante princesse de Lamballe venait d'être

4.

massacrée devant la prison de la Force, dans les circonstances horribles que l'on sait...

Dans sa vieillesse, dernier témoin d'une des phases de ce drame, Mme Saqui fut parfois priée de conter ce souvenir affreux de son enfance. Avec son habituelle imprécision, elle dénaturait quelques parties du tragique événement, elle mêlait à ce qu'elle avait vu en effet un peu de toutes les légendes, et ses récits, amplifiés par son imagination de femme de théâtre, ne méritaient plus beaucoup de créance. Elle représentait les faits monstrueux à leur début, auquel elle n'avait pas assisté; elle prêtait à la malheureuse princesse, qui n'avait pu pousser que des cris d'épouvante quand on s'était rué sur elle à coups de sabre, des paroles apprêtées et solennelles : « Venez, tigres, assassinez-moi! » Elle dépeignait aussi la consternation de son père comme s'il lui eût été possible de reconnaître immédiatement, en cette tête mutilée, des traits illustres. Quelques détails seulement gardaient, à travers toutes ces déformations, une saveur de vérité : le silence de la foule, bouleversée au point que personne ne proférait même un mot de pitié, devant le passage des massacreurs, et, derrière eux, courant, affolé, essayant vaine-

ment de les arrêter, un officier municipal agi-
ant sa ceinture tricolore déployée...

Ce fut en ce jour de fureur populaire, sous
impression angoissée de ce spectacle inouï, que
la famille Lalanne franchit la barrière, et, une
ois de plus, se lança dans l'inconnu.

IV

On retrouve Jean-Baptiste installé à Caen, après avoir erré un peu partout. Il jouit d'une espèce de petite réputation médicale, pour des cures où le hasard a dû entrer pour beaucoup. La roulotte est même remisée pour un moment. Un troisième enfant, Baptiste, est né, et on a pris un petit logis, rue de Jaule, à côté de la boutique d'une marchande de dentelles, Mlle Cornu, chez

CHARLOTTE CORDAY.

laquelle on a mis Marguerite en apprentissage.
Depuis son accident, celui qui fut Navarin-le-
fameux est hanté de rêves bourgeois, il éloigne
ses enfants d'une carrière qui, en fin de compte,
lui a été ingrate, et il souhaite pour les siens un
avenir plus tranquille. Une cliente de la bou-
tique de Mlle Cornu est une vieille dame, Mme de
Bretteville, qui vient lui acheter des bonnets,
pour lesquels elle est très difficile et un peu
maniaque. Elle est parfois accompagnée d'une
grande jeune fille, dont les cheveux bruns des-
cendent en boucles sur la nuque, au nez un peu
long, aux yeux d'un bleu pâle, à la voix harmo-
nieusement timbrée ; c'est Marie-Anne-Charlotte
de Corday. En juillet 1793, Mlle Cornu pousse,
un soir, un grand cri de surprise, dont devait
se souvenir la petite ouvrière : des nouvelles
viennent d'arriver de Paris ; cette jeune fille, si
douce, qu'on n'avait pas vue à Caen depuis trois
jours, vient d'assassiner Marat ! On imagine si
Mlle Cornu, cependant que l'on tirera l'aiguille,
aura pour longtemps, après cet événement extraordinaire, des anecdotes à conter ! C'est ainsi
que la future Mme Saqui devait avoir été mêlée
— de très loin — à de grands épisodes de la
Révolution.

Mais Jean-Baptiste, chirurgien empirique, a-t-il commis quelque erreur, qui ruine subitement son crédit, ou quelque autre charlatan lui succède-t-il dans la faveur publique? Toujours est-il que la prolongation de son séjour à Caen devient difficile. On attelle de nouveau la petite voiture, et l'on se dirige vers Tours, qui est alors le grand rendez-vous des forains. On y retrouve un vieil ami que les enfants appellent bientôt familièrement l'oncle Barraut. Barraut dirige une troupe d'acrobates que, pour se mettre à la hauteur des circonstances, il affuble de rubans tricolores et qu'il a ingénument appelés les « Sauteurs patriotes ». Jean-Baptiste s'installe à côté de la baraque de Barraut, et, bien qu'avec moins de gaîté qu'autrefois, arrache gaillardement des dents. A se retrouver au milieu de danseurs, quelques regrets lui viennent assurément au cœur, et il a, lui à qui toutes les hardiesses étaient familières, le sentiment de sa déchéance.

Pendant qu'il opère et que Laurent, son frère aîné, exécute sur le tambour de savants roulements, la petite Marguerite se glisse curieusement dans le cirque du citoyen Barraut. Elle retrouve là les émotions qu'elle a déjà savourées

hez M. Nicolet; et, surtout, elle envie une
enfant de son âge, Françoise Bénéfant, qui sera,
plus tard, la célèbre Malaga. Françoise est déjà
une artiste et elle est traitée comme telle. Elle
figure sur le programme, elle sait son importance. Marguerite ne songe qu'à l'imiter, elle se
lie avec elle; elle lui fait part de ses désirs, et,
avec la complicité du pitre de Barraut, homme
de confiance et domestique dans l'intimité,
répondant au nom bizarre de Sacajou, Françoise,
après sa répétition, initie son amie aux principes
de la danse de corde. Marguerite se trouve là
tout naturellement dans son élément. La vocation, dont elle a aperçu les premières lueurs à
Paris, se dessine : à la troisième leçon, dédai-
gnant le « temps de corde », qui consiste à marcher simplement au pas, en avant et en arrière,
elle se lance dans les « pas croisés ». Bientôt,
elle aborde les « ronds de jambes », qui commencent à devenir de l'art.

L'oncle Barraut la surprend un matin, hoche
la tête en connaisseur, approuve du geste,
applaudit.

— Eh mais! dit-il gravement, il y a de l'étoffe...
Ce n'est pas mal... pas mal du tout...

— Hélas! répond Marguerite, mon père et

ma mère ne consentiront jamais à me laisse
continuer...

— Eh bien! reprend Barraut, on verra!...

Dans un grand mystère, il s'occupe lui-même
d'une élève qui semble si pleine de promesses
et la fait travailler sans relâche. Un beau soir
il affiche les « débuts de M¹¹ᵉ Ninette ». Il lui
composé un joli costume, avec beaucoup de
rubans tricolores, selon sa méthode. L'orchestre
entonne l'air qui doit accompagner Marguerite
le cœur battant très fort, mais dominant son
émotion, elle paraît; Sacajou, la toque à la
main, selon les rites, lui fait de ses mains un
étrier; elle saute sur la corde, s'appuie un moment sur le dossier de la croisée de l'arrière
puis engage la partie. Ce sont d'abord des exercices de légèreté, en guise de préface; après
quoi, ce sont les « coulées » du menuet et la
révérence, en se cambrant hardiment. On applaudit : elle attaque la gavotte, le morceau de
bravoure des danseuses; elle va si vite, elle
saute avec tant d'impétuosité que l'orchestre es
forcé de tripler son mouvement; elle improvise
des variations étourdissantes : on l'acclame
Grisée d'enthousiasme, elle s'abandonne à sa
frénésie et elle risque un saut périlleux. Que ne

était-elle pas encore, dans cette espèce de délire,
si le brave Barrault, inquiet de son excès d'audace,
n'intervenait, ne la forçait à descendre! Les
Lalanne étaient parmi les spectateurs : ils
n'avaient pas tardé à reconnaître leur fille en la
valeureuse acrobate, et ils étaient stupéfaits et
ravis, emportés tout à coup hors de leurs préventions, ne songeant plus qu'à être fiers de
la fillette. Une telle vocation ne se discutait plus :
il n'y avait, désormais, qu'à l'encourager. Au
fond, ils gardaient la passion de leur ancien
métier, et, s'ils boudaient la corde, c'est qu'elle
leur avait été infidèle, mais ils lui conservaient
la vieille tendresse qu'ils avaient pour elle dans
le sang.

Mlle Ninette fit fureur à Tours. Ses heureux
débuts eurent un résultat singulier : ils réveil-
lèrent chez Mme Lalanne le désir des applaudissements pour son propre compte. On décida, en
famille, de constituer une troupe dont la mère
et la fille seraient les étoiles et que dirigerait
Jean-Baptiste, bon maître toujours, si sa claudi-
cation l'empêchait de travailler par lui-même. On
engagea un jongleur se prétendant fertile en talents divers, Simono, un sauteur en force, qui
s'appelait Yvorel, et un escamoteur et ventriloque

5

nommé Ripaille, qui devait, par surcroît, remplir les fonctions d' « aboyeur » à la porte de la baraque et, à ses heures de loisirs, faire la cuisine.

Pendant quatre ans, la compagnie parcourut la France en tous sens, avec des fortunes diverses. A l'usage, il y avait eu du déchet parmi les recrues de l'entreprise. Le sauteur en force était, en fait, un soldat réformé à la suite d'une blessure, et à demi impotent, au demeurant parfait ivrogne et entraînant Jean-Baptiste à boire. Simono avait pris un peu trop d'ascendant sur la patronne ; Ripaille était sans gaité et paresseux avec délices ; Laurent, le frère aîné, disparaissait de temps en temps, vagabondait, se livrait à d'inquiétantes fantaisies. D'ailleurs, en un temps où tout ce qui était jeune et valide était aux armées, il ne fallait pas être trop difficile sur la qualité des artistes. Il n'y avait que Marguerite qui fît recette, et sauvât la bande en désarroi. Le ménage Lalanne, formé par un joli roman d'amour, se désunissait. Une fois, à Lyon, Jean-Baptiste, si vaillant, autrefois, s'étant grisé et ayant été ramassé par la police, sa femme, vraisemblablement à l'instigation de Simono, ne se hâta point de l'aller réclamer. Dénouement mélancolique, après des années d'aventures qui

avaient plus de grâce, de l'idylle d'antan !
Hélène Masgomieri, la « Vierge noire » d'autrefois, s'était épaissie, elle n'avait plus que des
vanités que savait exploiter un mauvais drôle,
intéressé à lui faire subir son joug. On était loin
maintenant de la période héroïque des étapes
sans souci, avec l'amour pour compagnon ! Ce
n'étaient que disputes perpétuelles, que tiraille-
ments, que batailles. Le pauvre Jean-Baptiste
avait bien changé, et, se sentant trompé sans
beaucoup de gêne, et trop faible, trop las pour
agir ou pour rompre, il noyait ses chagrins dans
le vin. Il lui arrivait de faire des fugues, après
lesquelles il rentrait dans un état misérable,
honteux de lui-même, accablé.

Marguerite Lalanne avait atteint ses quinze
ans, qui s'épanouissaient dans un milieu devenu
assez triste. A Clermont-Ferrand, où l'on s'arrêta
quelque temps, un certain Laruelle, secrétaire
du district, s'avisa de s'éprendre d'elle. C'était
un petit homme sournois, âgé déjà, d'aspect
repoussant, sur lequel, malgré la situation qu'il
occupait, couraient de mauvaises légendes.
Pendant la Terreur, il n'avait pas songé, disait-
on, qu'aux intérêts supérieurs de la République,
et ayant su toujours se bien renseigner et garder

des armes contre tous les partis, il avait, bien
que parfaitement détesté, conservé ses fonctions
pendant les périodes de réaction. Jusque-là, il
n'avait guère pensé qu'à s'enrichir par tous les
moyens : un sentiment nouveau entra dans son
cœur quand il eut vu la jeune danseuse ; c'était
quelque chose comme une passion furieuse. Ce
vilain personnage suivait assidûment les représentations qu'elle donnait. Un soir, il l'aborda,
comme elle venait de sauter légèrement de la
corde tendue pour rentrer dans les primitives
coulisses. Il lui adressa de grossiers compliments qui n'eurent pas le don d'enchanter Marguerite. Econduit, il insista, et aiguillonné par
le désir, croyant assurément faire une offre
magnifique, il se proposa comme époux.

Il n'obtint comme réponse qu'un franc éclat
de rire.

— Ma petite, dit-il, fort blessé... cet éclat de
rire-là, tu me le payeras.

Quelques jours plus tard, Jean-Baptiste était
mandé au bureau de Laruelle, qui examinait ses
papiers, les déclarait irréguliers, et, finalement,
de son autorité, fermait brutalement la baraque...
C'était la misère complète, alors que les affaires
étaient déjà peu prospères. Marguerite avait du

Les débuts de Mᵐᵉ Saqui. (Lithographie de Engelmann.)

caractère : elle s'indigna, s'en fut trouver Laruelle, et, de sa petite main, le souffleta. La
ville, en apprenant ce scandale, ne laissa pas de
sourire, mais Laruelle se vengea bassement. Il
transforma les pauvres saltimbanques, à l'aide
de rapports venimeux, en conspirateurs, chose
facile en un temps où les conspirations embras-
saient la moitié de la France. L'absurdité de
l'accusation n'empêcha pas leur arrestation, si
elle fut de courte durée, le procès étant impossible à soutenir. Mais le matériel de l'installation foraine avait été saisi, et Laruelle usait de
mille artifices pour ne pas le restituer. La peur
de nouvelles poursuites, tout injustifiées qu'elles
fussent, fit détaler hâtivement la tribu qui ne
tarda pas à se disperser. Simono, Yvorel et
Ripaille tirèrent chacun de leur côté; la famille
Lalanne se retrouva seule, découragée et incer-
taine. Marguerite, la soutenant courageusement
tant bien que mal, en fut réduite à danser dans
les cafés où on voulait bien l'accueillir, faisant
la quête après ces exercices improvisés, souvent
rabrouée. Ils paraissaient s'être bien évanouis,
tous les rêves de gloire !

Mais à Valence, un peu de chance revient,
on fait rencontre d'une troupe assez bien en

5.

point, la troupe Houssaye, dont le directeur
consent à élargir ses cadres en engageant Marguerite comme danseuse de corde et sa mère
comme « utilité » dans les ballets qui, avec les
jeux icariens, les tours de force et d'adresse,
l'exhibition d'animaux dressés, forment le spectacle. Jean-Baptiste, bien déchu, est commis à
la garde des accessoires. Par un stratagème dont
on n'a point cessé de faire usage, dans les pro-
vinces, Marguerite est baptisée d'un nom qui se
rapproche de celui d'un artiste célèbre d'alors,
héros des fêtes de Tivoli ; elle devient M\ue For-
zioso : pour les gens qui n'y regardent point de
trop près, elle passera pour une parente de
l'illustre Forioso. C'est dans la troupe Houssaye
qu'elle se peut perfectionner dans son art, déli-
vrée de soucis immédiats, et qu'elle conquiert sa
première réputation. Elle est devenue une belle
jeune fille, svelte, élancée, avec je ne sais quoi
d'énergique en toute sa personne, corrigé par
un joli sourire. Les yeux d'un gris brun disent
la résolution, sa bouche ne manque pas de
grâce ; le nez, qui, dans l'âge mur, se recourbera,
déformera sa physionomie, n'est encore que
puissant, comme pour mieux aspirer la vie ; le
front est large, d'un dessin assez pur, et est cou-

ronné d'une audacieuse et triomphante crinière
châtain foncé. Il y a en elle comme une frémis-
sante ivresse de liberté, et le pied, petit et vigoureux, habitué aux « pointes » les plus hardies, le
pied où sera son génie, semble toujours prêt à
se détacher de la terre. Un demi-siècle plus
tard, Théodore de Banville tracera d'elle un
portrait qui, malgré la magie des mots, ne
dissimulera pas la décrépitude, mais où revivra
ce caractère physique d'antan, avec la beauté
de l'œil, « l'œil d'enfer, farouche, vif, intrépide,
amoureux », ayant survécu à la ruine, adju-
rant, menaçant, s'exaltant dans le souvenir du
triomphe.

Pour le moment, en sa jeune splendeur dans
ses costumes à l'antique selon le goût du temps,
elle inspire des passions auxquelles elle reste
insensible. C'est à Mâcon, je crois, que la troupe
Houssaye donnant des représentations dans une
salle, dont le plafond, formant rotonde, était
percé d'un œil-de-bœuf, elle avait la surprise
de voir tomber chaque fois, au moment où elle
terminait ses exercices, une lettre à ses pieds.
Cette lettre, dont la formule variait à peine, était
conçue en termes respectueusement enflammés.
Faut-il prêter beaucoup de crédit à cette anec-

docte ? Ce lyrique épistolier était, paraît-il, le fils du bourreau.

De la troupe Houssaye, Marguerite, avec ce surnom sans modestie de la « divine Basquaise » avait passé au cirque Roussi, qui avait ses beaux jours sous le Consulat. Un des artistes, un écuyer, qui s'appelait fièrement Norestan, tenta de l'enlever, dans des conditions romanesques. Il employa même un peu la force, mais il en fut pour ses frais d'imagination mélodramatique : il avait affaire à une héroïne capable d'une redoutable défense, et, abominablement cravaché, la figure balafrée, à demi aveuglé, il dut, après l'échec de son guet-apens, quitter piteusement la compagnie.

C'est à Épinal que s'éveilla le cœur de Marguerite. Ce soir-là, emportée par un généreux délire, elle avait eu la vraie révélation de son talent. Elle n'avait pas dansé seulement, elle s'était transformée en sylphide, dans de frénétiques inspirations ; elle avait été emportée en un vertige, elle se voulait des ailes, elle ne touchait la corde, de ses pointes, que pour s'élever, comme dégagée de toutes lois physiques, jusqu'à d'extraordinaires hauteurs ; il avait fallu que l'orchestre s'arrêtât pour qu'elle reprît conact avec la terre. Elle était encore sous l'impression d'une sorte d'extase quand un jeune homme de belle mine vint, non sans quelque timidité, lui offrir des félicitations où il y avait l'admiration pour la femme, et l'émotion d'un connaisseur. Il s'appelait Julien Saqui, il était lui-même acrobate (mais à quelle distance d'art de l'intrépide danseuse!) et il était le fils du directeur d'une troupe rivale. Ses compliments furent agréés de bonne grâce; ils étaient bien tournés, ils n'avaient point de banalité; ils étaient de ceux qui devaient être sensibles à une virtuose de la corde telle que l'était Marguerite. Elle y répondit gracieusement. Pour Julien Saqui, il avait reçu le coup de foudre. Son plan fut vite fait : il s'agissait de l'attacher à la troupe Saqui, sous prétexte de la ravir à une entreprise concurrente, mais, en réalité, pour qu'il eût la joie de vivre auprès d'elle. Il brusqua les choses, avec la décision qu'ont des gens très épris. Il persuada au père Saqui (qui portait, entre parenthèses, le bizarre prénom d'Hommebon) que l'occasion était unique d'établir la fortune de son établissement en appelant à lui cette incomparable étoile, ce sujet unique, cette merveille! Hommebon Saqui con-

sentit. Il consentit même, assez généreusement,
à former une association avec les Lalanne, bien
que, en dehors de Marguerite, la pauvre famille
n'offrît plus un apport bien appréciable ; les ins-
tances de Julien avaient obtenu ce résultat,
avec une délicatesse dont la jeune fille ne laissa
point d'être touchée.

Tandis qu'on voyageait de compagnie, Julien
avait toutes les prévenances, toutes les galanteries, mais s'il laissait deviner ses sentiments, il
n'avait pas encore osé les exprimer.

Ce fut à Tours, pendant la foire des Barri-
cades, à Tours où Marguerite, enfant encore,
avait débuté sur la corde, sous l'égide de la petite Malaga, que Julien s'enhardit enfin.

— Mademoiselle Marguerite, lui dit-il un soir
après la représentation, si vous vouliez être
bien bonne, vous écouteriez avec faveur ce que
mon père viendra vous dire demain.

— Quoi donc ?

— Oh, bien sûr, ce serait plus vite fait de
vous l'expliquer moi-même... Mais, voyez-vous,
je n'en aurai jamais le courage !

Il n'était pas difficile de comprendre. Marguerite baissa la tête.

— Essayez d'en avoir, fit-elle.

Et Julien en eut, subitement : il dit sa tendresse profonde, les rêves de bonheur qu'il avait formés, l'espoir unique dont il était possédé, la vaillance qui l'animait pour lui rendre la vie facile...

— Mais, hasarda Marguerite, je ne vous apporterai que des charges, mon pauvre ami...

Quand on en est à ces objections, on n'est pas loin de s'entendre. Si l'union de ses parents avait été romanesque, le mariage de Marguerite Lalanne fut presque un mariage bourgeois. Quelques jours plus tard, — Julien hâta le plus qu'il put les démarches nécessaires, — il était célébré à Tours :

Du dixième jour du mois de fructidor, l'an treize de la République,

Acte de mariage entre M. Jean-Julien-Pierre Saqui, profession d'artiste, né à Ecuellé (Indre), le 7 mai 1786, fils de Hommebon Saqui, pharmacien ambulant et directeur d'une troupe d'artistes, et de Rose Charigny, son épouse,

Et demoiselle Marguerite-Antoinette Lalanne, profession d'artiste danseuse, née paroisse de Saint-Sever (Hérault), le 26 février 1786, fille naturelle de Jean-Baptiste Lalanne, marchand botaniste et artiste, et de Hélène Masgomieri.

Au moment où le cortège allait entrer à l'église, une vieille femme s'approcha de la jeune mariée. C'était une sorte de bohémienne qui lui tendit une petite pièce de monnaie ancienne.

— Si vous voulez être heureuse, ma petite, heureuse, toujours, lui dit-elle, mettez cela dans votre soulier...

Puis elle disparut, mystérieusement. Les amis du nouveau couple étaient tous gens qui s'étaient rencontrés, au hasard de leurs étapes, avec de ces étranges créatures, au visage basané, à demi-sorcières, gardant de leur pays d'origine de lointaines traditions. Tous, ils étaient plus ou moins superstitieux, en vrais fils de l'aventure, et personne ne s'étonna que Marguerite, gravement, quittât un instant son soulier de satin, sous le porche de l'église, et y introduisît, au risque de boiter un peu, la menue monnaie.

Une scène plaisante marqua la fin de la cérémonie. Pour se rendre à l'auberge où devait avoir lieu le festin traditionnel, il fallait passer devant le poste de la gendarmerie. Premiers effets de la popularité! La rue était barricadée par les gendarmes, agitant leurs chapeaux, et criant:

— Vive la Mariée! Vive la divine Basquaise!

Une vieille moustache, un maréchal des logis chevronné, s'avança gaîment.

— On ne passe pas! dit-il.

— Si! fit Mme Saqui, lorsqu'on acquitte le péage...

Et, aux applaudissements de la foule, elle embrassa le soldat.

Cette journée de fête fut, en sa fin, une journée de deuil. Ayant vraisemblablement célébré l'événement heureux par trop de libations, Jean-Baptiste Lalanne fut frappé d'une congestion et mourut dans la nuit... Marguerite, appelée en hâte, avait encore sa toilette de mariée. Une sorte d'instinct lui fit tâter son soulier blanc : la pièce de monnaie de la bohémienne s'en était échappée...

La tribu des Saqui, fort nombreuse, — il y avait quatre fils et deux filles[1] et une demi-douzaine de cousins, — avait d'abord bien accueilli Marguerite. Mais des jalousies commencèrent à percer devant ses persistants succès. Dans cette famille où tout le monde dansait et sautait, on

---

[1] Eustache-François, marié à Gouda Boas, mort en 1840. Casimir, marié à Augustine Pinson, mort en 1854. — Jean-Baptiste. — Rose-Henriette, morte en 1847. — Aline.

supportait mal l'intérêt particulier qu'excitait la jeune femme, de plus en plus téméraire en ses exercices. Bien qu'elle fût défendue par Julien, des querelles éclatèrent, rendirent, au bout d'un an, la vie commune difficile. Au demeurant, sûre d'elle-même, Marguerite rêvait un plus vaste champ pour ses prouesses qu'une baraque foraine. On l'avait naguère affublée d'un sobriquet rappelant le nom de Forioso. Forioso faisait fureur à Paris, se hasardait, sur la corde tendue obliquement, à des ascensions qui paraissaient merveilleuses, était, au jardin de Tivoli, le lion du jour... Une femme, aussi audacieuse que lui, aussi amoureuse que lui du danger, ne pourrait-elle lui disputer ses lauriers? Cette idée hantait Mme Saqui, lasse d'amuser des badauds de province... Un jour, par un coup de tête, elle écrivit au directeur de Tivoli, Daneux, une lettre où elle lui proposait un programme qu'elle-même, en ce moment, elle estimait irréalisable; mais ne fallait-il pas forcer l'attention de l'impresario? La réponse, à sa grande surprise, lui arriva poste pour poste. Séduit par ces promesses, toujours en quête d'attractions, se réservant, au reste, de voir par lui-même ce qu'il y avait au fond de cette belle

assurance, Daneux lui disait simplement qu'il
l'attendait...

C'était une sorte de gageure qu'avait faite
Mme Saqui contre le possible... Eh bien ! elle la
tiendrait, coûte que coûte ! Ce qu'elle avait imprudemment promis d'accomplir, elle le tente-
rait ! Des prodiges annoncés, par bravade, elle
ne retirerait rien ; avec sa vie pour enjeu, s'il le
fallait, elle irait jusqu'au bout de son défi !

Et c'est ainsi qu'un matin de printemps,
ayant fait atteler à une carriole, par Julien, un
peu inquiet, un peu troublé, un petit cheval
savant, emprunté à la baraque familiale,
Mme Saqui, le cœur gonflé d'anxieux espoirs,
partit pour conquérir Paris, qu'elle devait, en
effet, éblouir et charmer...

V

Tivoli. — Le « temple des plaisirs ». — La Société nouvelle.
— Grimod de la Reynière. — Les feux d'artifices. — La
fureur des jardins d'été. — L'heure charmante. — Spectacles innombrables. — Période de crise. — Résurrection.
— Les débuts. — Forioso. — Un mot choquant.

En Floréal an VI, on jouait, dans un des
innombrables petits spectacles du Paris d'alors,
une sorte de revue, dont la fragile action se passait à Tivoli[1]. Le compère, comme nous dirions
aujourd'hui, était la sentinelle que l'on venait

1. *Les plaisirs de Tivoli*, scènes anacréontiques dédiées au
beau sexe, par les citoyens Langle et Bernard. Bibl. nat.; Y.
th. 14.330.

le placer à la porte. Après avoir fait conscien-
cieusement les cent pas pendant quelque temps,
tandis qu'arrivaient jusqu'à lui les échos d'une
enveloppante musique, le soldat n'y tenait plus,
abandonnait son poste, et s'écriait, dans le
style emphatique du temps :

—La curiosité l'emporte !... Je m'écarte un moment pour admirer la beauté de ce site enchanteur... Quel magnifique coup d'œil !... La charmante perspective !... C'est le temple de la
gaîté... Toutes les agréables descriptions qu'on
fait de Tivoli ne pouvaient approcher de ce qu'on
y voit...

Et il chantait :

> AIR : *Quand je quittai notre village.*
>
> Oui, Vénus en quittant Cythère
> Plaça son temple à Tivoli,
> Et c'est ici le sanctuaire
> Que pour son fils elle a choisi...

> AIR du : *Rondeau des Visitandines.*
>
> Vous que le chagrin presse,
> Venez à Tivoli.
> Au sein de l'allégresse,
> On en trouve l'oubli.
> Non, non, non, rien ne peut surpasser Tivoli.

6.

Car l'asile des grâces
Est un charmant séjour.
On y voit sur leurs traces
Les plaisirs et l'amour...

Ces pauvres vers, assez ridicules à présent,
disent, du moins, ce que fut pour les Parisiens ce
jardin de Tivoli pendant le Directoire, ce qu'il
devait être encore durant le Consulat et les premières années de l'Empire. Sa vogue fut prodi-
gieuse, nous paraît incroyable, aujourd'hui. Après
les rudes secousses de la Révolution, c'était là,
tout d'abord, que s'était reconstituée la vie élégante dont, entre autres témoins, Grimod de la
Reynière a bien dit les tâtonnements et les hési-
tations. Philosophe indulgent, cependant, il
notait avec quelque ironie, en homme qui avait
connu la société raffinée d'autrefois, les tares de
ce monde nouveau, avide de plaisirs, à qui
manquait l'habitude du luxe qu'il étalait, et il
en suivait les transformations [1].

1. « On voit des femmes parées avec la plus somptueuse
prodigalité qui n'ont même pas l'éducation des femmes de
chambre de l'ancien régime ; on rencontre des jeunes gens
d'une figure charmante, qui paraissent ignorer les premiers
éléments de la décence et de la politesse. Leurs regards inso-
lents, leurs manières gauches et brusques, leur ton soldat-
tesque, leur conversation grotesque, tout dénote en eux des

On peut citer, en effet, Grimod de la Reynière, cet amusant et original personnage, qui fut vraiment un dilettante dans toute l'acception du terme, et qui était resté un épicurien, même sous la Terreur (c'est lui qui, le 9 thermidor, journée où se produisirent cependant quelques événements assez notables, ne jetait sur son journal intime que cette observation : « La marée n'est pas arrivée aux Halles ! »)[2]. Grimod de la Reynière fut, au jour le jour, l'annaliste des fêtes de Tivoli. Il avait narré l'inauguration du jardin établi entre les rues Saint-Lazare et de Clichy, sur les terrains de l'ancienne Folie-Boutin. Il avait connu naguère ce Boutin, trésorier de la Marine, qui s'était construit une sorte de paradis dans Paris et qui en faisait les honneurs à ses amis, se donnant plaisamment le surnom de « Vendredins », en raison du jour de ses réceptions. Boutin avait eu le malheur d'être guillotiné en l'an II. Ce souvenir ne pa-

---

échappés d'antichambre, qui n'ont encore changé que d'habit. Le chapeau cloué sur la tête, les bottes aux jambes, même le soir, un gros bâton à la main, ils ressemblent assez à des toucheurs de bœufs. » Grimod de la Reynière, *le Censeur dramatique*.

2. Journal inédit de Grimod de la Reynière (collection de M. Georges Vicaire).

raît pas avoir beaucoup troublé Grimod de la
Reynière, mais ceux qui avaient survécu aux
jours terribles de la Révolution avaient épuisé
tout ce qui leur restait de sensibilité!

Depuis l'ouverture de Tivoli, il s'était fait
l'historien de ses soirées, des divertissements
offerts, des débuts, de toutes les innovations. Il
fut le critique de Tivoli comme Geoffroy était le
critique du Théâtre-Français. Il distribuait l'é-
loge ou le blâme aux entrepreneurs qui se suc-
cédèrent, de Gérard-Desrivières, ne croyant pas
déroger en se faisant directeur, tout membre
qu'il fût du Conseil des Cinq-Cents, et de Ruggieri à Daneux. Il ne se tirait pas un feu d'artifice qu'il ne le discutât, estimant qu'on abu-
sait « des éternels arrosoirs, des serpenteaux
croisés », ou déclarant que le « bouquet » avait
été « fort maigre », et regrettant l'époque où
Torré « donnait des feux qui étaient de véritables tragédies pyrotechniques ». Il n'y avait pas
une modification au Jardin sur laquelle il ne
donnât son avis. Le limonadier lui-même était
son justiciable. « Celui qui tient le café à Tivoli,
écrivait-il en 1798, est un véritable marchand
de poisons : toutes ses liqueurs sont délétères,
ses glaces fondues et sa bière absolument aigrie,

Un feu d'artifice à Tivoli.

quoique vendue huit sous la bouteille. » On
juge si les « débuts » étaient l'objet de sa sollicitude. Il ne dédaignait pas de correspondre
avec les acrobates et les aéronautes, et c'est
ainsi qu'il accepta de copieuses polémiques avec
la citoyenne Labrosse, qui faisait de très hardies
descentes en parachute, ou avec le citoyen Ca-
lais, inventeur malheureux de l'expérience du
« Vol-à-tire-d'ailes », qui se laissa choir héroïquement, plutôt que de retarder un essai fort
attendu. Ses jugements étaient importants pour
Tivoli, car on sait quelle était, à cette époque,
la fureur des jardins d'été : l'Elysée, les jardins
d'Italie, l'hôtel de Biron, le jardin de Virginie,
le bal champêtre de Luquet, la chaumière d'Et-
tinghausen, le Ranelagh, combien d'autres ! se
disputaient la foule. Mais Tivoli, par son éten-
due et par ses merveilles, triompha longtemps.

On avait gardé du Jardin-Boutin les accidents
de terrain savamment ménagés, les séries de
terrasses, les serres « où le feu savamment disposé arrachait à la terre les fruits des Antilles,
de la Chine et de l'Indoustan », les bosquets formés d'arbres rares, la petite rivière qui serpen-
tait à travers les pelouses semées de rivières
artificielles. Des cascades avaient été disposées

qui ne fonctionnaient pas toujours parfaitement
d'ailleurs, mais qui, lorsqu'elles coulaient,
étaient éclairées de feux ingénieusement disposés. Les illuminations étaient partout, au
reste, et formaient l'orgueil et la splendeur de
Tivoli ; on les variait sans cesse. Quatre rangs
de chaises étaient placés de chaque côté d'une
grande allée d'où l'on dominait tout le décor,
et où la foule se retrouvait pour le feu d'artifice, après qu'on avait pu errer par petits
groupes « dans les dédales d'allées secondaires »,
ou après avoir traversé les ponts « à l'antique »,
dans les îlots de la rivière. Des « groupes
de pâtres et de troupeaux promenés sur les coteaux » donnaient la note idyllique, de même
que de petits temples, dont l'un était entouré
de cyprès, donnaient la note poétique. Sous
une vaste tente, un orchestre attendait les danseurs. Là, c'était un cirque ou un cabinet de
physique, pour les curieux d'expériences d'optique, principalement ; ailleurs s'élevait un théâtre de fantocchini ou d'ombres chinoises, ou
encore d'escamoteurs. Plus loin, un mât de cocagne ou un jeu de « bagues à la Panurge » et,
juché sur des rochers, un café champêtre. Les
rêveurs ou les amoureux goûtaient fort un long

berceau de treillage, où la lumière était comme tamisée et où l'on marchait sous une voûte de fleurs. Ainsi l'on pouvait trouver dans les sites multiples de Tivoli un certain mystère, ou, au contraire, se mêler à une fiévreuse anima- tion. De larges espaces étaient réservés pour les grandes attractions exceptionnelles : ascensions, pantomimes militaires, danse de corde par les maîtres du genre, concerts symphoniques [1].

L'heure charmante, à Tivoli, au dire des connaisseurs du temps, c'était, après l'imman- quable feu d'artifice, dont nos aïeux étaient si friands et dont la pièce principale représentait généralement un sujet mythologique, lorsque la grosse foule s'était écoulée : les délicats s'attar- daient sur une sorte d'esplanade, où l'éclairage s'était atténué, et, tandis qu'on éteignait peu à peu les feux, la promenade, entre gens de bonne compagnie, s'éternisait dans la douceur des nuits tièdes.

Que n'avait pas offert Tivoli, depuis dix an- nées, en fait de spectacles curieux! Mme Tallien y avait d'abord présidé des « fêtes villageoises ». Le grimacier Thiémet avait amusé les badauds

1. Le prix d'entrée était de trois francs « compris l'impôt ».

avec les mille expressions de son visage[1];
l'« incomparable » éléphant Baba avait, pendant de nombreux soirs, tiré avec sa trompe la
ficelle qui faisait partir un coup de pistolet; au
son de l'orchestre conduit par le citoyen Hullin,
un aérostat à air inflammable avait enlevé
« une Vénus sur un char attelé de colombes »;
au fond d'une grotte mystérieusement disposée,
le physicien Préjean avait étonné par ses tours
de magie ; le chef-d'œuvre des pièces d'artifice
de Lavarinière avait été la « Voiture magique »
qui roulait, en s'embrasant, sur des sortes de
rails; sur une scène ménagée pour elles, Hurpy
avait montré ses plaisantes marionnettes ;
M. Mosment, M. et Mlle Garnerin avaient fait
leurs ascensions « à ballon perdu »; Mme Placide,
veuve de l'acrobate fameux qu'on surnommait le
« Petit Diable », avait, « avec ses élèves », risqué de surprenants tours d'adresse sur la corde
tendue au-dessus du bassin ; Dupuis, bien que
vieilli, avait fait encore admirer « ses forces

---

1. Thiémet était aussi ventriloque. Un programme du
25 brumaire an XIII, au Salon des Redoutes, annonce une
scène à quatre voix, le *Départ de Nicaise*, où il fera entendre
« un malade dans son lit, un ramoneur dans la cheminée, un
tondeur de chiens dans un cabinet, un crieur de journaux
dans la rue »...

Le souper de Gargantua au Jardin de Tivoli.

d'Hercule » ; le travail de voltige de Godeau, dit « le Jeune Intrépide », avait eu son heure de gloire ; la pyrotechnie avait ébloui de nouveau le public avec « l'explosion du mont Al- pha » et « l'embrasement des rochers de Sisy- phe à travers lesquels s'élançait en tourbillon le grand diable Astaroth ». M. Olivier, autre phy- sicien, avait ébloui les spectateurs par quantité d'« illusions » ; on s'était pressé autour de la cage découverte d'où parlait une voix invisible ; on ne s'était lassé qu'au bout de longtemps du *Souper de Gargantua*, colossale pièce méca- nique qui absorbait des monceaux de victuailles ; les concerts où brillait la harpiste Stéphanie Narvigile avaient charmé les dilettanti ; une autre pièce mécanique, dite la « Double Sala- mandre », avait produit quelque sensation ; enfin, les gloires militaires s'évoquaient bruyam- ment, soit par des pantomimes à grand spec- tacle, reproduisant de récents faits d'armes, soit par d'étranges combinaisons de tous les arts, comme l'indique ce programme : « A dix heures, concert d' « harmonie » dans lequel il sera exécuté la bataille d'Iéna, au bruit du canon et de la fusillade, imité par la physique ; un rayon de lumière traversant rapidement les

7

airs et allant frapper un nuage transparent
qui s'enflammera et présentera en caractères
de feu ces mots : « Vive l'Empereur! »[1].

En diverses occasions, de grandes fêtes, of-
fertes aux vainqueurs des premières campagnes
impériales, avaient été données aussi à Tivoli.

Cependant, malgré un si long succès, il y eut
une période de crise, en cet heureux Tivoli. Ce
spectacle était tombé, par suite de la mort de
son mari, entre les mains d'une femme, Mme Bou-
ret, qui perdit la tête, se sentant écrasée par
trop de responsabilités. Il y a, aux Archives de
la Seine, un dossier mélancolique qui dit les inquiétudes, les embarras, puis les désespoirs de
cette entrepreneuse de plaisirs publics. Sa dernière lettre est datée de la prison des Madelon-
nettes (14 mars 1806) où, de chute en chute, elle
avait fini par échouer, et rien n'est singulier
comme cette correspondance, écrite d'une prison
où il n'est question que de fêtes et de divertissements, évoqués pour la justification d'une ges-
tion malheureuse.

C'en était fait du fameux jardin, si un impré-
sario audacieux, Daneux, n'eût assumé sa di-

1. Collection du *Journal de Paris*, 1805-1810.

ection, avec la volonté de lui rendre sa vogue
première.

Tandis qu'il remettait en état le décor, qu'il
émondait les bosquets « avec un art se cachant
sous les traits de la nature », qu'il faisait couler
de l'eau dans la rivière, depuis quelque temps à
sec, qu'il consolidait les ruines artificielles qui
ressemblaient un peu trop à de vraies ruines,
qu'il construisait au bout de l'allée centrale un
vaste portique, il engageait tous les artistes en
renom, les écuyers Chollet et d'Aumont (qui, à
eux deux, au milieu des immanquables pièces
d'artifice, représentaient les victoires impériales),
l'équilibriste Longuemare, la danseuse Mme Delcourt, le chanteur Bianchi, le prestidigitateur
Préjean; il conviait Garnerin à faire à Tivoli
des expériences aérostatiques, en compagnie de
sa fille adoptive, qui accomplissait de vertigineuses descentes en parachute; il instituait des
joutes pour courir « le prix du Dragon »; à
l'aide de la pyrotechnie, de plus en plus en
honneur, il évoquait Herculanum engloutie sous
les laves du Vésuve; enfin, pour les exercices
de danse de corde, il arrachait, à prix d'or, au
théâtre de la Nouveauté, où elle faisait fureur,
la troupe Forioso.

La troupe Forioso se composait de Pierre l'aîné, surnommé « l'incomparable », de sa sœur, Mme Alphonse, du cadet, Mustapha, ainsi appelé parce qu'il était communément costumé en Turc de fantaisie, et d'une jeune personne Mlle Frascara, qui jouait les « utilités ». Le père Jean-Baptiste Forioso, veillait à la garde du matériel. Forioso, par sa hardiesse, avait conquis la faveur de Paris, depuis le jour où il avait débuté à la salle Louvois, alors fort mal en point, et où il avait ramené la foule. Cet habile homme — assez célèbre pour qu'on composât, de son vivant, une pièce dont il était le héros — ne doutait de rien. Il dansait « l'allemande » sur deux cordes parallèles, avec sa sœur; les pieds attachés, il franchissait des rubans; la tête en bas, accroché à un ballon captif, il jouait du violon dans cette situation anormale; il avait inauguré les ascensions, à des hauteurs inconnues jusqu'à lui, au milieu de la mitraillade des fusées éclatant sous lui. Au demeurant, bel homme, qui avait inspiré des passions, et qui venait encore de faire battre le cœur de la Montansier, toute vieillie qu'elle fût.

Récemment, il avait lancé un défi, à la salle Montansier, à son rival Gabriel Ravel, dit « le

Terrible ». Sur la corde tendue, devant les danseurs Vestris et Duport, auxquels s'était jointe la Malaga, juges de ce duel d'adresse et d'intrépidité, les deux acrobates avaient exécuté leurs tours les plus difficiles. On avait le goût de la solennité en toutes choses, en ce temps-là : Ravel, proclamé vainqueur, avait offert la moitié de sa couronne, à l'antique, à son adversaire. Mais Forioso avait refusé, avait protesté contre la sentence des arbitres, avait couvert Paris d'affiches contre Ravel, l'avait convié à de nouvelles luttes, en plein air cette fois, et sa défense avait été si véhémente, il excitait d'ailleurs un tel engouement, que l'opinion lui avait donné raison contre le jugement de ses pairs et que sa renommée avait grandi, malgré sa défaite. D'ailleurs, depuis ce jour, il redoublait d'audace et ne cessait d'inaugurer de nouvelles prouesses.

Tel était l'artiste fameux à qui, en sa jeune ambition, la petite danseuse provinciale qu'était Mme Saqui rêvait de disputer le succès.

Le soir même de son arrivée à Paris, elle assistait, à Tivoli, à la représentation de Forioso. Perdue dans la foule, elle suivait anxieusement ses exercices. Elle le vit s'élancer, saluer avec aisance, franchir légèrement, en quelques bonds,

7.

comme s'il prenait son vol, la corde s'élevant en
pente vers le mât où elle aboutissait, se griser
d'espace, défier les lois de l'équilibre, chercher
l'impossible; et elle scrutait son courage, elle
faisait, par la pensée, ce qu'accomplissait Forioso devant le public, elle le dépassait.

Ce soir-là, un événement se produisit qui aurait pu paraître prophétique. Forioso descen-
dait, enivré des acclamations, en provoquant
de nouvelles par la vaillance de ses inspirations,
quand, pour la première fois, au moment d'at-
teindre le chevalet auquel était fixée la corde, il
fit un faux mouvement, tournoya sur lui-même,
et alla tomber rudement sur le sol. L'impeccable
funambule, tant habitué au danger, cependant,
avait eu un éblouissement. Un cri d'épouvante
s'éleva, tandis qu'on emportait Forioso évanoui.

Mme Saqui avait été chercher de ses nouvelles
dans le pavillon réservé par Daneux à l'administration. Le directeur était fort alarmé, fort
inquiet aussi pour les recettes des jours suivants,
pendant lesquels il faudrait attendre le rétablissement de Forioso, l'artiste en vedette de son
spectacle.

— Quel malheur! dit-il en apercevant sa
nouvelle pensionnaire.

LA VALSE PAR FABIOSO

« L'incomparable Forioso, que l'on pourrait appeler l'aérien, exécute une valse sur la corde tendue avec la grâce, la légèreté et cette précision qui n'appartiennent qu'à lui. »

LA VALSE PAR M. SAQUI

JULIEN SAQUI.

— Sans doute, fit Mme Saqui avec résolution. Du moins, vos intérêts n'en souffriront-ils pas, et aurez-vous le temps de laisser se rétablir le pauvre Forioso.

— Comment ?

— Je suis prête à paraître demain devant le public.

— Quoi... L'accident de ce soir ne vous trouble pas ?

— Ce sont les hasards du métier... Mais je me sens sûre de moi. Affichez-moi pour demain !

Le lendemain, en effet, des affiches annonçaient les débuts de Mme Saqui, promettant des merveilles. Dans la journée, les doigts diligents de bonnes faiseuses avaient confectionné à la débutante un séduisant costume : une jupe de gaze blanche, semée d'étoiles bleues, et ornée d'une légère guirlande de roses ; un corsage de velours vert, épinglé d'argent. C'était le suprême du bon goût, pour le temps. Quand l'heure approcha de l'épreuve, on attacha à ses épaules de petites ailes frissonnantes et on releva ses cheveux sous un cercle d'or.

C'est ainsi, dans ce costume fantaisiste de sylphide, qui faisait valoir sa triomphante jeunesse, qu'elle affronta la foule, non sans que le

cœur lui battit très-fort. Mais elle avait en ell
quelque chose de radieux qui lui valut, to
d'abord l'universelle sympathie. On la senta
décidée à conquérir sa gloire en un jour.

Une révérence,... et elle se lança sur la cord
battant ce qu'on appelle un « six », en terme
de métier, avec un brio prodigieux, qui enchaîn
l'attention des connaisseurs. Puis, possédée d'un
sorte de démon furieux, s'abandonnant à so
inspiration, semblant ne plus soupçonner l
danger, faisant ce qu'avait fait Forioso, la veill
mais en le surpassant, elle atteignit le somme
du mât, apparaissant, au milieu des feux de Ben
gale, comme l'image même de la sereine Intré
pidité. Des acclamations retentirent. Alors, fai
sant volte-face, Mme Saqui commença sa descente
mais dans un véritable délire d'improvisations
se couchant tout à coup sur la corde, horizon
talement et en croix, se relevant et tournoyan
sur elle-même, simulant à droite et à gauch
des plongeons dans l'abîme, puis reprenant s
course et offrant à l'admiration des spectateurs
par un brusque arrêt, attestant son sang-froid
des attitudes mythologiques de Renommée o
de Diane chasseresse, mais avec quelle fragil
base d'équilibre! Des cris d'angoisse, au spec

acle d'une telle témérité, se firent entendre : c'est le triomphe de l'artiste. Ils enflammèrent l'enthousiasme de la belle acrobate, qui se plut à tous les défis imaginables, enivrée du péril même qu'elle ne cessait de créer, et où elle trouvait des délices, se précipitant dans le vide, rattrapant la corde par miracle, pirouettant, sautant, cabriolant, et c'était brave, aventureux et charmant ! Longtemps elle prolongea ce jeu où, à toute minute, elle risquait sa vie, comme elle eût méprisé de refouler le sol. Elle oubliait la réalité ; elle était vraiment la sylphide dont elle portait le costume et il semblait qu'elle se servît, en effet, tant elle était légère, des ailes qui tremblaient dans les mouvements de son corps.

Quand enfin elle redescendit, sur les injonctions des spectateurs, à bout d'émotion, au milieu d'applaudissements frénétiques, Daneux s'approcha d'elle :

— Vous ne recommencerez pas ces folies ! lui dit-il, très troublé, malgré sa joie du succès de la danseuse.

— Tous les soirs, mon cher directeur ! répondit-elle, en ramassant les fleurs et les couronnes qui lui étaient jetées dans un délire d'admiration pour ces extraordinaires prouesses aériennes.

Mme Saqui aperçut alors son mari, blême, ayant à peu près perdu le sentiment, effondré sur une chaise. Il n'avait pu supporter sans trembler le spectacle de ces vertigineux exercices, dont il savait le péril. Le pauvre Julien Saqui n'avait pas l'âme héroïque, comme celle qui devait rendre son nom célèbre : il n'avait pas compris la beauté de cette lutte, symbolisant, fût-ce sur une corde, dans un jardin public, le combat des cœurs audacieux, épris de chimères, contre la réalité vulgaire ; les ressorts des aspirations glorieuses lui échappaient : il n'avait vu que l'imprudence et il venait de passer un terrible moment d'angoisses, en simple brave homme qu'il était.

— Ah! ma pauvre amie, dit-il... Que j'ai eu peur!

Le mot choqua Mme Saqui, grisée encore de son triomphe, qui, pour elle, valait, certes, l'enjeu de son existence, fièrement jetée dans la partie. En ce moment même, ne rêvait-elle pas plus encore, ne concevait-elle pas des exploits plus audacieux?... Et, de ce jour-là, elle considéra son mari avec un peu de pitié...

VI

Mme Saqui est décidément, à cette heure,
l'idole de Paris. A sa seconde ascension, la foule
a été telle que la garde a mis deux heures à la
faire entrer, encore tumultueusement! à Tivoli,
et que, ce soir-là, on a supprimé toutes les autres
parties du programme. Elle accepte sans embarras sa jeune gloire, ne se soucie que de la
justifier, se hasarde en des exercices qui ravissent
le public et le font frémir en même temps. Ses

succès retardent la convalescence de Forioso qui, cloué au lit, s'encolère à les apprendre. Voici qu'on porte des bonnets et des collerettes « à la Saqui » ; les confiseurs ne vendent plus que des boîtes de bonbons où est gravé le portrait de la danseuse ; l'enthousiasme qu'elle a provoqué se manifeste de mille façons.

Une fois, elle est invitée au fameux « dîner des Bêtes », qui réunit des gens d'esprit s'amusant, pour quelques heures, à prendre le nom d'un animal et à lui emprunter — galamment, d'ailleurs — ses habitudes caractéristiques. Elle le préside ; puisqu'il faut, pour obéir à la règle du dîner, s'affubler passagèrement d'un sobriquet, aucune autre comparaison ne lui convient mieux que celle de l'oiseau. Mais quel oiseau ? On met en avant des noms de volatiles gracieux, mais on y renonce, après une aimable et anacréontique discussion. Décidément, en raison de son audace, elle sera l'Aigle. Mais elle n'a fait que figurer à cette réunion, car elle est préoccupée de sa représentation, et elle a à peine trempé ses lèvres dans un verre de champagne.

Tandis que les convives achèvent le repas, elle se lève :

Le chapeau « à la Saqui »
imitant le casque empanaché de la danseuse.

— Messieurs, dit-elle, je suis obligée de vous quitter, mais je vous convie à venir voir tout à l'heure l'Aigle planer...

Les hôtes de Mme Saqui se rendent, en effet, à Tivoli, où elle se surpasse, à leur intention. Au sommet du mât, elle semble abandonner tout point d'appui, et, disposant ingénieusement les voiles dont elle s'était munie, elle imite le vol d'un grand oiseau.

C'est en ces improvisations téméraires qu'elle se plaît. Le directeur Daneux, alarmé, lui défend de tenter quoi que ce soit de nouveau sans une répétition, au moins, et, pour mettre à couvert sa responsabilité, il lui inflige deux cents francs d'amende. Mais comment se fâcher avec une artiste d'un tel tempérament et dont le nom seul fait affluer le public? En même temps, il lui offre deux beaux bracelets.

Sa renommée ne cesse de grandir. Écoutez un témoin, Lerouge, un Parisien curieux du temps, qui prend des notes pour l'avenir : « Au milieu de la détonation des grosses pièces d'artifice et de leurs tourbillons enfumés, calme, à la lueur des feux de Bengale, debout sur la corde, à soixante pieds de haut, elle suit la route étroite et périlleuse qui la conduit au bout de

8

sa course. Souvent, elle est dérobée à nos
regards par des ondulations épaisses qui s'accu-
mulent autour d'elle, et on dirait, à sa démarche
assurée, une Immortelle, au milieu des nuages
agités, regagnant paisiblement sa céleste
demeure. »

Mais, en cette époque de gloire militaire, sa
grande popularité s'accentue encore quand elle
imagine, toujours sur la corde, de mimer, à
elle seule, les batailles et les victoires impériales. La foi, évidemment, anime les spectateurs, car l'imitation est vraisemblablement
fantaisiste ; mais quelles acclamations lorsque,
sans paraître s'inquiéter d'un faux mouvement
qui la précipiterait dans le vide, armée d'un
sabre, elle feint de conduire une charge furieuse
dont l'élan doit forcer l'ennemi imaginaire à
reculer, ou quand, faisant le coup de feu, elle
s'agenouille pour tirer, puis met la baïonnette
au fusil, s'avance irrésistible, ou soudain
défaille, comme si elle était blessée, se relevant
impétueusement pour planter au mât un drapeau enroulé autour de sa taille. Et ce sont,
avec cette fidélité évidemment approximative,
mais selon l'affiche, Eylau, Friedland, Essling,
Wagram. Le cœur des militaires, revenant de

ces campagnes, tressaille à ces évocations martiales, et c'est bientôt l'armée tout entière qui
adoptera Mme Saqui.

La mauvaise saison n'arrête pas le cours de
ses succès : elle paraît au Tivoli d'hiver, qui
s'élève à côté du théâtre de la Cité en face du
Palais de Justice; on la réclame à la salle
Montansier. Une assez étrange histoire se démêle,
dont on ne peut reconstituer que le scénario.
Forioso, dissimulant son dépit des lauriers de
sa rivale, cherche à se rapprocher d'elle. Il
se fait insinuant et galant : il semble avoir
même été assez entreprenant, avoir ébauché
un brin de cour. A-t-il rêvé d'annihiler l'artiste
en s'emparant du cœur de la femme? Mme Saqui,
éprise avant tout de son aventureux métier,
a-t-elle découvert le piège? Après une brève
période de bonne intelligence, les deux cham-
pions rompent cette trêve. Cependant, Mme Saqui
reste en termes amicaux avec la sœur de
Forioso, et elle danse même avec elle — d'après
une annonce du *Journal de Paris* — au Colisée,
« ci-devant Vaux-Hall », boulevard de la Porte
Saint-Martin.

C'est là aussi que s'essaye le pauvre Julien
Saqui, mari d'étoile, un peu embarrassé de

porter un nom qui n'est pas célèbre par lui, à qui personne ne prête attention, et qui ne fait que répéter, d'ailleurs, les exercices les plus ordinaires. Pourtant, n'y a-t-il pas quelque chose d'un peu touchant dans son désir de marcher sur les traces, de si loin que ce soit, de la virtuose de la danse dont la renommée éclipse toutes les autres, sorte de prince-consort tentant timidement de suivre la reine dont il est l'époux ?

Cependant, Daneux transporte Tivoli, par un coup d'audace, aux jardins Richelieu, rue de Clichy, qu'il a embellis en utilisant leur disposition seigneuriale. Un pavillon entièrement recouvert de glaces, au bout d'une magnifique allée de marronniers, annonce dès l'abord les intentions du transformateur, par une réaction contre le goût à l'antique. Une salle de danse en verdure, de vastes proportions, domine un lac. Des bosquets offrant un peu de mystère, des grottes qui sont autant de salles de spectacle, s'offrent au promeneur ou au curieux. Pour les grands exercices, une immense pelouse est ménagée, et Daneux rappelle d'abord à lui Mme Saqui, sans laquelle il n'y a plus de fêtes, Mlle Delcourt, qui n'a pas son prestige,

Les Fêtes publiques.

(D'après une eau-forte de TRIMOLET.)

mais qui peut, le cas échéant, la « doubler »,
l'aéronaute Garnerin, un nouvel homme-volant,
Degen, qui se fait suspendre à un ballon et
agite désespérément ses ailes attachées à un
corset de fer, sans que, à la vérité, il influe le
moins du monde sur la direction du ballon...
Mme Saqui, toujours de plus en plus audacieuse,
inaugure ses ascensions sans balancier, et c'est
une nouvelle ère de triomphes...

Aux fêtes du 15 août, la municipalité de Paris
fait au peuple la galanterie de lui offrir le
spectacle de Mme Saqui tentant de nouvelles
prouesses. A partir de midi, ce sont, dans les
Champs-Élysées, les jeux de quille, de ram-
peau, de bagues; au carré Marigny, on va voir
le grimacier Fantisé-Castalet, les ombres chinoises de M. Seraphin, les marionnettes de
Lorenzo Frederici; au carré de la Pompe, les
« Chanteurs du Gouvernement » se font
entendre; au carré de la Lanterne, des orches-
tres sont à la disposition des danseurs. Ailleurs,
des mâts de cocagne s'élèvent, avec cinq prix à
chaque mât, dont les programmes, conservés à
la Bibliothèque de la ville de Paris, nous donnent le détail : une montre en or, une montre
en argent, un gobelet d'argent, une paire de

8.

boucles d'argent, un mouchoir des Indes...
Mais à trois heures, la foule, en dépit de toutes
les autres attractions qui pourraient la retenir,
se précipite dans une irrésistible poussée vers
le Pont-Royal. Une corde a été tendue, traversant la Seine, rendue fixe au moyen d'attaches
qui la retiennent à des bateaux, d'espace en
espace. On s'écrase sur les quais, il y a une
anxiété d'attente, tout Paris est là, tous les
yeux sont fixés vers la corde. Et voici qu'apparaît, en un costume de guerrière, Mme Saqui
empanachée d'un casque. Elle s'avance, légère,
souriante, et, comme d'habitude, insouciante
du danger... La voici engagée au-dessus du
fleuve... Un cri d'épouvante retentit : il a
semblé qu'elle glissât, qu'elle dût tomber. Mais
non ! ce n'était qu'une feinte, un des tours qui
lui sont familiers : elle s'est seulement penchée,
volontairement, dans une attitude déconcer-
tante pour les lois de l'équilibre, et quand on
s'aperçoit que ce ne fut qu'un jeu, une fantaisie
d'artiste sûre d'elle-même, les applaudissements retentissent comme un tonnerre. Que
va-t-elle imaginer encore? Au milieu de sa
course, elle jette son casque dans un des
bateaux, dénoue ses cheveux, joint les mains

au-dessus de sa tête comme pour un plongeon, paraît se précipiter dans l'eau... Mais non ! elle se rattrappe prestement par un pied, se remet sur la corde par un rétablissement vigoureux, et la souveraine des domaines aériens continue sa marche vers l'autre rive. Puis, c'est le retour dans le sens contraire, cette fois, dans le style noble, car si elle a fait sa cour, par quelque invention faite pour provoquer les angoisses, au populaire, elle reprend pour les gens de goût sa sérénité d'olympienne, la grâce classique qu'elle a quand il lui plaît...

En quelques années, quelle métamorphose depuis le jour où elle arrivait, par la route de Tours, à la conquête de Paris !... La fortune lui avait singulièrement souri ; elle avait éclipsé tous ses rivaux ; ses succès l'avaient enrichie rapidement. Un jour elle parlait en riant de son étoile. — « Parbleu ! lui dit galamment l'auteur dramatique Dupaty, vous avez été la chercher vous-même dans le ciel ! »

Elle avait le sens de l'opportunité. Elle flattait le soldat impérial, elle dédiait ses plus belles ascensions « aux héros » ; elle leur faisait mille avances par les titres qu'elle donnait à ses exercices, et qui rappelaient leurs victoires, ou par

ses costumes belliqueux. Elle était adorée de
l'armée. Entre gens toujours prêts à risquer leur
vie, on se comprend et on s'estime aisément.

Un soir l'empereur donnait une fête à des dé-
tachements de sa garde au jardin Beaujon. Napoléon était distrait. Il n'avait prêté aucune attention aux faiseurs de tours qui provoquaient
de larges rires dans la foule de ses vétérans; les
jeux de physique de M. Préjean n'avaient pas
attiré ses regards et même l' « automate-trom-
pette », invention merveilleuse et bruyante de
M. Maëlzel, bien faite pour charmer des militaires, ne lui avait causé qu'une sensation d'aga-
cement. Il allait se retirer quand Mme Saqui parut. C'était la première fois qu'il la voyait; il
retarda son départ et il la considéra avec
quelque attention. A peine la danseuse était-
elle sur la corde que la fusée d'une des pièces
d'artifice qui venaient, selon l'habitude, de saluer
son entrée et d'éclater violemment, fit flèche
sur elle et l'atteignit rudement au bras droit,
levé dans une pose à l'antique... Elle ne put retenir un cri de douleur, elle faillit être renver-
sée et l'eût été, en effet, sans une instinctive
présence d'esprit qui la poussa à s'étendre aussitôt sur la corde, en s'y retenant par l'autre

bras... Elle se glissa ainsi jusqu'au chevalet, où l'on vint à son secours. Elle était étourdie de la secousse, et très pâle.

Tandis qu'ou s'empressait autour d'elle, Napoléon s'approcha. Non sans quelque inconsciente brutalité, il toucha le bras blessé, et cette marque de sollicitude maladroitement donnée arracha une légère plainte à Mme Saqui... Cependant, pour elle, toute autre émotion disparut devant celle de se trouver face à face avec le maître du monde. Pour la première fois qu'elle dansait devant lui, allait-elle défaillir et manquer à sa renommée? Sa résolution fut vite prise : avant qu'on eût pu lui appliquer un pansement, faisant sur elle-même un grand effort, elle échappa à ceux qui la soignaient, brusquement, et, reprenant son sourire d'artiste en représentation, elle remonta vivement sur la corde pour recommencer ses exercices interrompus.

— Madame, dit Napoléon, je vous défends de continuer...

— Sire, répondit Mme Saqui, bondissant, Votre Majesté n'aurait jamais l'idée de défendre à ses grenadiers d'aller à l'assaut... C'est mon assaut, à moi!

Et elle s'élança et accomplit, avec une fureur d'impétuosité, l'ascension promise.

— C'est une enragée ! dit gaîment l'empereur qui, à la fin du spectacle, voulut la complimenter, séduit par cette allégresse dans le courage dont il avait été le témoin.

L'ovation particulière dont elle avait été l'objet avait fait oublier sa souffrance à la danseuse.

Napoléon la questionna un peu tyranniquement, selon sa manière, voulant tout savoir, d'ailleurs, des plus grandes aux plus petites choses.

— Madame, lui dit-il, vous êtes brave.

— Sire, dit Mme Saqui, sans se troubler, je le crois.

Il la regarda de ce regard par où il éprouvait les hommes. La jeune femme le soutint tranquillement.

Il reprit :

— Comment s'apprend votre art ?

— Sire, il ne s'apprend guère, on le devine, si on a le feu sacré.

— On a pourtant des règles fixes.

— Assurément, comme il y a des règles de tactique militaire. Mais c'est le génie du capi-

taine qui décide de la victoire. et il ne suit que
son inspiration.

— Vous aimez votre métier, je le vois.

— Sire, c'est le plus beau de tous.

Napoléon sourit.

— Après celui de souverain? dit-il.

— Seulement quand il est exercé par Votre
Majesté.

L'empereur s'amusait de cette conversation
avec une acrobate. Il y mit de la malice, cherchant à l'intimider.

— Vous avez bien de la fierté, Madame.

— Celle de l'honneur que me fait Votre Majesté en s'entretenant avec moi.

Il désigna le mât auquel aboutissait la corde :

— A quoi pensez-vous quand vous êtes là-
haut?

— Je voudrais être plus haut encore.

— Mais vous vous casserez le cou, quelque
jour.

— Votre Majesté sait qu'il n'est pas de gloire
sans danger.

Napoléon hocha la tête un peu surpris.

— La gloire ! fit-il... vous vous servez là d'un
grand mot...

— Votre Majesté me pardonnera de l'avoir

emprunté, alors qu'il n'appartient qu'à Elle...
j'aurais dû dire simplement : le désir de faire ce
que ne peuvent réaliser les autres...

— Vous me tenez tête à merveille, Madame.
Vous avez donc aussi de l'esprit?

— Sire, Votre Majesté en prête à ceux qu'elle
interroge.

La conversation plaisait à l'empereur. Il répondit sur un ton familier :

— Que non pas! J'entends souvent bien des
sottises.

Puis, cette sorte de goût de la taquinerie qui
était en lui, qui l'empêchait de garder longtemps
le ton de la galanterie, reprit le dessus. Il examinait Mme Saqui comme un soldat à une revue;
il la détaillait avec l'impertinence un peu lourde
qu'il avait accoutumé d'avoir avec les femmes,
et il avisa, à la naissance des épaules, une cica-
trice, à la vérité presque imperceptible.

— Qu'est-ce que cela? dit-il en la désignant.

— Sire, fit la danseuse, feignant adroitement
de transformer une désobligeante remarque en
un éloge, et donnant une petite leçon au maître
de l'Europe, je remercie Votre Majesté de
s'apercevoir des blessures que j'ai reçues au
feu...

— Vous aurez donc toujours le dernier mot? dit Napoléon.

Une curiosité, depuis quelques moments, s'éveillait en lui pour cette danseuse de corde, en qui, non sans quelque étonnement, il rencontrait une franchise d'allures, une énergie de caractère, un je ne sais quoi de batailleur dans la vivacité de ses réparties, dont il était à la fois irrité et charmé. Il était piqué de jeu.

Son despotisme avait laissé Mme Saqui frissonnant dans son léger costume, sous la fraîcheur de la nuit. Alors seulement il s'aperçut qu'une camériste, à une distance respectueuse, attendait, tenait un châle dont elle n'avait pu couvrir sa maîtresse. Napoléon lui fit signe d'approcher et, prenant le châle de ses mains, en revêtit lui-même l'artiste.

— Oh! Sire!...

Il l'accompagna, à petits pas, jusqu'au pavillon qui lui servait de loge, avant de la quitter.

Jusqu'où alla son intérêt pour elle? Y eut-il de sa part un caprice d'un moment, dans le désir d'une victoire sur cette « enragée » qui n'avait pas, comme tant d'autres, balbutié devant lui ou montré une complaisance servile. A cette époque, Mme Saqui ne laissait pas d'être piquante,

et le conquérant éprouva-t-il un appétit pour
ce corps souple et onduleux, la tentation d'un
plaisir ayant pour lui un attrait de nouveauté?
On l'assure, mais je n'ai point trouvé de preuves
de cette passade. L'histoire n'a pas retenu le
nom de toutes les visiteuses de l'appartement
secret des Tuileries, introduites en montant un
escalier dérobé, par les soins de Constant, et
elle n'a pas suivi toutes les sorties de l'empereur
en son « habit bourgeois » de drap brun. Les
indices de cette fantaisie de Napoléon seraient
dans la bienveillance particulière qui suivit
Mme Saqui pendant quelque temps, et aussi dans
une sorte de vantardise de l'acrobate, un peu
plus tard. On la verra, du reste, rudement et
promptement réprimée. Et ce fut la « brouille »
entre le dominateur du monde et la reine des
danseuses de corde...

VII

Les fêtes militaires. — Un attentat. — Les suites d'une riva-
lité. — Aventures d'amour. — Le préfet de police Dubois.
— Le phrénologiste Gall. — Un horoscope. — Brouille avec
Napoléon. — Les échaudés de M. de Mirande.

La faveur impériale s'exerça manifestement,
en tout cas, ne fût-ce que par un souvenir de
l'entretien des jardins Beaujon, sur Mme Saqui.

Elle est conviée à paraître dans toutes les
fêtes militaires, où les soldats lui font un accueil
enthousiaste. Elle est envoyée, par ordre, dans
les camps, où elle dresse le chevalet et le mât
entre lesquels, à une hauteur redoutable, elle
mime les assauts et les batailles auxquels ont

pris part ces durs-à-cuire, attendris et charmés.
Elle est à Vienne, où elle fait son entrée dans
un carrosse flanqué de laquais que l'empereur
a envoyés au-devant d'elle. Les réjouissances qui
suivent la paix signée à Schœnbrunn la condui-
sent à Metz, à Orléans, à Bordeaux, à Tours, où,
adulée et fameuse, elle revoit avec un brin d'émotion le champ de foire de ses débuts… Mais Julien
Saqui, l'amoureux de ce temps-là, devenu un
mari bien effacé, est assez loin de ses préoccu-
pations. Pendant ces triomphales tournées, il
reste à Paris, sentant son infériorité et en souf-
frant, car il est demeuré épris. A ces succès de sa
femme, il a, lui, tout perdu, et c'est amèrement
qu'il regrette la baraque familiale d'autrefois…

Julien Saqui avait pourtant appelé à lui toute
la tribu des Saqui, à laquelle s'était jointe la
tribu des Boas, une famille hollandaise qui leur
était alliée par plusieurs mariages, la plupart
d'entre eux acrobates ou forains, empressés à
se réconcilier avec la danseuse devenue célèbre
et s'efforçant de tirer d'elle quelque appui.
Mme Saqui, avec une indifférence un peu hau-
taine, avait formé une troupe de tout ce monde
et l'employait, dans ses déplacements, à des besognes secondaires, pour amuser le tapis avant son

entrée. Au fond, le calcul de Julien avait été médiocre, car il n'avait réussi, par la force des choses, qu'à être confondu dans cette légion de parasites.

Avec lui, c'était le douloureux roman du mari qui cherche vainement à reconquérir sa femme et qui, par une fatalité de maladresses, en est de plus en plus éloigné. Il s'avisait parfois d'être jaloux, au moment où, grisée par les ovations dont elle était l'objet, l' « étoile » était fort peu disposée à accepter les reproches, et ces éclats malencontreux ne servaient qu'à le diminuer encore. Il avait d'ailleurs à peu près renoncé à la danse, et il ne s'occupait plus guère, rôle ingrat aux côtés d'une telle artiste, que de l'administration de la troupe.

Sa jalousie n'était pas sans motifs ; on tournait autour de la danseuse, et celle-ci, pour vaillante qu'elle fût, était femme, et n'était pas sans coquetterie. On peut avoir l'âme héroïque et le cœur sensible.

Un soir, au Vaux-Hall, où il y avait représentation extraordinaire, Julien faisant sa ronde, comme d'habitude, avant le commencement du spectacle, aperçut un homme qui semblait occupé auprès de la corde déjà tendue et qui s'enfuit à

9.

son approche : Julien l'eut vite rejoint et saisi
au collet.

— Que faisais-tu là ?

— Rien, je regardais...

— Quoi?

— L'installation.

Julien Saqui, sans lâcher l'individu, et le for-
çant à le suivre, monta sur le chevalet, examina
les « piss-palls », qui sont en terme du métier
les points d'attache de la corde, et découvrit
qu'elle avait été limée. Elle devait céder, au
bout de peu de temps, après avoir vibré des
premières secousses qui lui auraient été impri-
mées.

— Malheureux! dit-il, dans une grande émotion, qui t'a payé pour cela!

L'homme, se sentant en des mains rudes, se
troubla, essaya de maladroites dénégations.

— Tu me diras la vérité, reprit Julien Saqui,
ou je te tue...

— Eh bien, c'est vrai, je n'accomplissais pas
cette vilaine besogne pour mon plaisir... Elle
m'a été commandée.

— Par qui?

— Perdu pour perdu, j'aime autant tout vous
dire.

— Il n'y a guère d'autres moyens pour toi de sauver ton existence... Suis moi, de bon ou de mauvais gré. Je ne veux pas d'esclandre.

Julien Saqui poussa le malheureux dans un hangar, où il l'interrogea, et, haletant d'angoisse, il apprit peu à peu la vérité. Il ne s'agissait pas d'une coupable jalousie professionnelle. L'aventure était romanesque, rappelait, à une époque qui semblait moins féconde en péripéties violentes, les tentatives de la duchesse de Bouillon sur Adrienne Lecouvreur, car tout, en fait, recommence. Une femme de chambre avait gagné l'individu, sans nommer sa maîtresse, lui avait commandé l'œuvre perverse au milieu de laquelle il avait été surpris, lui avait donné de l'argent, devait lui remettre une somme plus importante après l'accident provoqué par lui... Cet accident, il avait ordre de venir l'annoncer, le soir même, à dix heures, et il avait rendez-vous, devant la fontaine du Palmier, avec l'intermédiaire qui avait obtenu son acquiescement... Il n'en savait pas plus. Il assura, pour se défendre, et vraisemblablement parce qu'il se croyait à la merci de plus fort que lui, que l'idée d'un crime ne lui était pas venue à l'esprit, qu'il ne pensait pas que la danseuse courût un grand danger.

Julien Saqui l'enferma dans le hangar, après avoir appelé un homme sûr, un employé de la troupe, capable d'exécuter une consigne sans en demander la raison, pour garder la porte.

Il se hâta de faire changer le câble, en n'invoquant que des motifs de précaution, puis, la représentation de sa femme terminée, le cœur lui battant fort, bouleversé d'être jeté en plein drame, pressentant quelque douloureuse révélation, il se jeta dans un fiacre et se fit conduire à l'entrée du Pont-au-Change, où il descendit, s'avançant à pied jusqu'à la fontaine, neuve à cette époque, qui venait d'être dédiée aux victoires de l'armée française. Le monument était alors très isolé, et de lointains réverbères ne l'éclairaient que très faiblement.

Une femme attendait, emmitouflée dans une mante, allant et venant avec une évidente nervosité.

Julien Saqui, en route, avec la décision qu'ont parfois les timides, avait fait son plan. Il l'aborda brusquement, mais non sans avoir eu le temps de s'apercevoir de la tournure élégante et fine de l'inquiète promeneuse.

Il dit simplement, en prenant une voix brutale :

— C'est fait !

— Ah ! s'écria-t-elle, secouée d'un frisson, avec une véhémence qui attestait que c'était bien elle qui fût directement intéressée à la nouvelle, malgré le rôle de confidente qu'elle jouait.

Elle ajouta :

— Elle s'est tuée ?

Tout à coup, elle reconnut que l'homme qui lui parlait n'était pas celui qu'elle avait chargé de l'abominable tâche. Epouvantée, elle s'enfuit, si rapidement que Julien demeura un instant interdit. Cependant, il se jeta à sa poursuite, apercevant à peine une ombre qui disparaissait dans la nuit. En courant, il se heurta à un des tas de pierres dont la place, en construction, était encombrée, et tomba, perdant en cet accident quelques secondes précieuses.

Il reprit sa course, mais la mystérieuse créature avait gagné de l'avance, s'engageant à présent sur le quai Desaix, de l'autre côté du pont. Là, une voiture l'attendait, où elle se précipita, et qui partit à une furieuse allure. Julien Saqui essaya encore de la rejoindre, mais il ne tarda pas à la perdre de vue.

Tout se reconstituait clairement pour lui, maintenant. C'était cette femme elle-même qui avait ourdi l'attentat auquel Mme Saqui n'avait échappé que par hasard. Dans quel but? Il ne devinait que trop facilement que la passion était en jeu, qu'un homme, éperdûment aimé, l'avait trahie, qu'elle n'avait pas hésité à se débarrasser d'une rivale. Mme Saqui était donc la maîtresse de cet homme, disputé jusqu'au crime par l'abandonnée qui, évidemment, appartenait à une classe élevée, ainsi qu'il en avait pu juger, en dépit des précautions prises par elle, ou, plutôt, justement à cause de ces précautions. Cet enchaînement de faits lui apparaissait avec une précision désolante, dont le pauvre mari souffrait amèrement.

Il retourna au Vaux-Hall, questionna son prisonnier de nouveau, sans rien tirer de lui, malgré son anxieuse curiosité, et se décida à le faire arrêter.

Le lendemain, Julien Saqui s'en fut trouver le préfet de police, M. Dubois, et se confia à lui. M. Dubois était un petit homme, d'aspect vulgaire, abondant, en effet, en plaisanteries triviales, à la physionomie finaude de procureur véreux de l'ancien régime, dont le jabot douteux était plein de taches de tabac. Il semblait se soucier assez peu d'élégance en sa mise, et il

affectait une certaine bonhomie. Bonhomme, il
ne l'était point : il s'était avancé jusqu'à ses
fonctions en se prêtant à toutes les besognes, et
il ne s'y maintenait guère qu'à cause de sa haine
particulière à l'égard de Fouché. C'était, à ce
moment-là, un titre aux yeux de l'Empereur. Au
demeurant, il était avisé, et il connaissait bien
son métier, policier dans l'âme et instruit de
tous les secrets de Paris, surtout quand il y
avait, pour lui, profit à les savoir.

L'aventure l'intéressa ; il l'écouta d'un air jovial, en puisant fréquemment dans sa tabatière.

— En somme, mon cher Monsieur, dit-il, vos
raisonnements sont assez justes... oui, vraiment, ils ne sont pas mal déduits du tout... Une
vengeance d'amante délaissée, exaspérée contre
celle qui l'a supplantée jusqu'à concevoir l'idée
d'un meurtre... c'est bien cela. Et ce qu'il nous
importe d'apprendre, c'est le nom du séducteur
dont l'existence nous est ainsi révélée, car, naturellement, vous ne saviez rien. En serez-vous
beaucoup plus avancé ?

— Supposez-vous que je puisse supporter ?...

— Là, là... un peu de calme ! Que voulez-
vous, monsieur Saqui, votre femme est charmante, elle est fort en vue... Elle est faite pour

tourner les têtes... Il faut avoir un peu de phi-
losophie. Quand on veut être tranquille en ménage, on épouse une petite bourgeoise... Et
encore !

M. Dubois contempla Julien Saqui avec une
pitié un peu ironique.

— Retirez-vous, mon cher Monsieur, je
vais interroger l'homme que l'on a coffré, en
attendant; et, ajouta-t-il avec un geste expan-
sif et vulgaire, je lui tirerai bien les vers du
nez.

— Quand devrai-je revenir ?

— Oh ! on sait toujours assez tôt ce qu'il est
fâcheux de savoir.

L'enquête de M. Dubois fut vite menée. Elle
ne tarda pas à lui apprendre les dessous de cette
tentative criminelle, tels qu'il les avait pres-
sentis. Des noms y étaient mêlés qu'il était impossible, alors, de jeter dans un scandale. Un
officier russe, en mission, était le héros, trop
aimé, de l'histoire, et la jeune femme qui, dans
une sorte d'accès de fureur, avait cherché à tirer
une implacable vengeance de la danseuse, était
d'un sang qui devait empêcher la divulgation de
son irritabilité passionnée. L'affaire fut étouffée.
M. Dubois, qu'il y trouvât son intérêt personnel

ou qu'il obéit à d'autres motifs, en avait étouffé
bien d'autres !

Mme. Saqui reçut le conseil de quitter Paris
pour quelque temps : ce départ devenait d'ailleurs nécessaire. Cette liaison avait eu une
suite qui n'avait rien, en somme, que de fort
simple, dans l'ordre de la nature. Quelques mois
plus tard, elle mettait au monde une fille, dont
s'occupa le père, et qui, pourvue d'un état civil
des plus irréguliers, devait un jour être princesse, en Russie, devenant légitimement mère,
à son tour, d'une enfant dont, avec ces origines,
la destinée fut singulière, car elle porta un nom
que les circonstances politiques avaient grandi,
en France.

Mme Saqui reparaît, alerte, brillante, d'autant
plus applaudie que sa mystérieuse absence a
paru longue au public, pour les fêtes du mariage
de Marie-Louise. Les sœurs de Napoléon la convient aux fêtes qu'elles donnent, Caroline à
l'Élysée, Pauline à Neuilly. C'est Napoléon lui-
même, s'étant fait soumettre le programme
imaginé par Pauline, qui indique la « signora »
Saqui, comme il l'appelle, transformant tout

10.

à coup la Béarnaise en Italienne. Il est en veine de raffinements de galanterie : il veut que l'intrépide danseuse de corde, semblant un génie, mais un génie vivant, aille, à de vertigineuses hauteurs, mettre le feu à des pièces d'artifice qui feront, dans la nuit, scintiller le chiffre de l'Impératrice.

La volonté du maître est exécutée, et, dans les jardins de Neuilly, au bord de l'eau, la signora Saqui, puisque « signora » il y a, devant une illustre assemblée, qui vient de s'ennuyer au concert et aux représentations théâtrales, montre une audace inouïe, qui réveille de sa froideur le public d'élite, blasé sur les divertissements officiels, malgré la somptuosité et la dépense de la fête, qui ne fut surpassée par aucune autre, et dont Napoléon daigna se montrer content. On n'avait pas laissé cependant de remarquer l'indifférence distraite gardée par Marie-Louise en dépit des merveilles accumulées pour elle.

Dix jours plus tard, Mme Saqui, à la fête donnée par le maréchal Bessières et la garde impériale, au Champ-de-Mars, à l'empereur et à l'impératrice, reçoit les formidables et terribles ovations de trois cent mille hommes. Gar-

nerin a préparé une belle ascension ; François
et sa troupe se livrent à des prouesses équestres ;
en acrobates fantaisistes, Bassin et Lagoutte
imaginent leurs tours les plus plaisants ; une
pantomime montre Diogène « cherchant un
homme », et, aux acclamations des spectateurs,
découvrant le buste de Napoléon : c'est une des
moindres flatteries qui s'adressent à l'empereur.
Mais c'est Mme Saqui, dans le costume à cuirasse d'argent qu'elle a adopté, coiffée d'un
casque empanaché, qui triomphe : du haut de sa
corde, par une ingénieuse disposition inventée
par Ruggieri, elle semble lancer la foudre [1]...

Quelques jours plus tard, Mme Saqui venait
faire visite au vaudevilliste Dupaty, qu'elle
avait naguère connu au dîner des Bêtes, et avec
qui elle était restée en termes d'amitié. Il
avait de l'esprit dans ses couplets ; elle en avait
dans ses jambes : ils s'entendaient à merveille.
Il y avait là, fort entouré, un homme d'une cin-
quantaine d'années, d'une assez belle prestance,
bien que lourdement habillé, qui se livrait à une
singulière occupation. Les personnes présentes,
non sans une sorte de respect superstitieux, lui

[1]. Journal de Paris, avril 1810.

présentaient leur front qu'il tâtait et palpait gravement. C'était le docteur Gall, arrivé depuis peu à Paris, avec un merveilleux système pour reconnaître les défauts, les qualités, le caractère des gens d'après les protubérances et les bosses de leur crâne. Ce savant allemand, qui n'était point modeste, avait, avec son assurance et l'originalité de sa doctrine, fait la conquête de Paris. En un temps où il était interdit de parler de tant de choses, et où il n'était guère loisible que d'exalter la gloire impériale, il apportait un précieux aliment aux conversations, et peut-être fut-ce là une des raisons de son succès. Comme il arrive coutumièrement en France, les plaisanteries y avaient aidé.

Le docteur Gall, fort gravement, était en train de rendre des oracles ! Il examinait à ce moment une dame qui, non sans émotion, semblait attendre son verdict.

— Ces deux proéminences annulaires, dit le docteur, indiquent la sensibilité, l'instinct de la sociabilité... Dans cette saillie... là... à droite... je sens le siège de la philogenésie... le goût des plaisirs sensuels... l'indice d'un tempérament passionné.

Dupaty mit doucement sa main sur l'épaule de Gall. La patiente, regrettant de s'être prêtée à l'épreuve, rougissait terriblement. Il était charitable d'interrompre son supplice.

— Voici, dit-il, en présentant Mme Saqui, sans la nommer, une de mes amies qui brûle du désir de vous consulter...

Et il la poussa vers le savant qui, n'ayant jamais vu la danseuse, appliqua aussitôt sa méthode à l'étude attentive de sa tête, sur laquelle il promena ses doigts.

Il garda le silence deux ou trois minutes, puis il parla :

— Votre occipital, Madame, indique la circonspection, la prudence... votre sinciput et votre sphénoïde trahissent une disposition à l'irrésolution... la crainte de vous engager dans toute aventure...

— Admirable! s'écria Dupaty, tandis que les hommes qui assistaient à cet horoscope ne pouvaient s'empêcher de sourire.

Ce n'était pas la première fois que le docteur Gall se trompait lourdement, et ce ne devait pas être la dernière. On eut la bonne grâce, en dépit de rires étouffés, de feindre d'être frappé de la justesse de la divination.

10.

En 1812, Mme Saqui se fâcha avec l'empé-
reur.

Elle voyageait beaucoup, à cette époque.
Elle voyageait dans un prestigieux cortège,
accompagnée de hérauts — habillés en Turcs
— qui proclamaient dans les villes la nouvelle de l'arrivée de la « première funambule de Sa Majesté l'empereur et roi ». Il fallait
à sa renommée un appareil pompeux dans lequel elle se complaisait, comme une souveraine.

Pendant qu'on installait l'arène où elle allait
paraître, elle se faisait promener, au petit trot
de deux beaux chevaux blancs, dans un carrosse
orné, peut-être, de couleurs un peu trop
vives, saluant avec condescendance les curieux
émerveillés. Elle avait pris le goût de la mise
en scène jusqu'à un certain puffisme. Directrice
et étoile de « tournée », elle soignait sa gloire.
Devant elle, deux cavaliers sonnaient des mar-
ches triomphales... Eh, mon Dieu! avec des
moyens différents, sans doute, les artistes n'ont
jamais eu le goût de la discrétion.

Elle s'avisa un jour d'un nouvel artifice pour
frapper l'esprit des populations. Sur son bel
équipage de gala, elle fit peindre hardiment

l'aigle impériale. Et c'était ainsi comme une estampille officielle qu'elle se donnait, de sa propre inspiration. Il est difficile de s'arrêter, sur le chemin de la vanité.

En certaines villes, on se borna à admirer. Mais, à Agen, le préfet se fâcha, et se fâcha même brutalement, trouvant l'audace un peu cavalière. Il fit simplement saisir la voiture, interdit les représentations de Mme Saqui, la consigna dans l'hôtel où elle était descendue, à sa disposition, et envoya un rapport à Paris.

La réponse qui arriva de Paris confirma les premières mesures de rigueur qu'il avait prises, et la tournée dut être interrompue. Mme Saqui s'indigna, tout en étant obligée de céder. Elle était assez durement frappée dans son amour-propre et d'anciens souvenirs de la bienveillance impériale lui faisaient paraître la mesure particulièrement sévère. De ce jour, sa dévotion pour Napoléon fit place à une rancune sourde contre lui. Elle le « punit » en n'exaltant plus, sur la corde, son épopée. On ne la vit plus, travestie en Renommée, embouchant une trompette, comme pour dire sa gloire, au milieu de sauts périlleux. Elle aborda les sujets idylliques ou les tableaux de genre, mima une chasse

de Diane, une fête villageoise (à elle toute
seule), la toilette de Vénus, avec l'aide d'un
petit Saqui, habillé en amour ; et ces scènes
mythologiques ne s'en déroulaient pas moins,
par habitude, et sans que nul s'étonnât, au
milieu du fracas et des éclairs des pièces d'artifice. L'empereur, qui avait déjà pas mal d'ennemis, en eut une de plus : il est vrai que, très
occupé, cette année-là, par la funeste campagne
de Russie, il n'eut sans doute pas beaucoup le
loisir de se montrer très inquiet de cette ini-
mitié.

Mme Saqui ne perdit rien, d'ailleurs, de la faveur du public, qui lui restait fidèle, et qu'elle
continuait à émerveiller. Un singulier petit
vieillard, M. de Mirande, qui, dans une quasi-
misère, avait gardé l'apparence de ses habitudes
d'autrefois, et qui se piquait de se mêler à tout,
lui soufflait des idées pour varier ses jeux
aériens, et lui dessinait des costumes. Physionomie curieuse que celle de M. de Mirande qui,
ruiné depuis la Révolution, attendait avec une
imperturbable sérénité le retour de la fortune.
Il donnait des dîners, que servait encore avec
assez de dignité un vieux domestique, mais où
il n'y avait rien à manger. Un gâteau de Savoie

centenaire ornait la table, étant purement décoratif. Le fond du repas consistait en échaudés : il n'en était pas moins réglé solennellement. Mais M. de Mirande avait de l'esprit, on rencontrait chez lui des gens amusants, et on en était quitte, en sortant de chez lui, où il n'y avait eu que des fantômes de plats, pour aller chez le traiteur.

VIII

Paris en 1814. — L'approche des alliés. — La Restauration et
l'acrobatie. — Mme Saqui, royaliste. — Deux pitres patriotes.
— Bobêche et Galimafré. — Les susceptibilités de la pudeur
britannique. — La culotte du Turc. — Le café d'Apollon.

C'est à la fin de février 1814. Paris passe par
des alternatives de crainte et d'espoir. Les alliés
s'approchent : Moncey fait armer la garde nationale, et les Parisiens se rendent aux barrières.
On en voit qui, comme les vieux troupiers, ont
piqué à leur baïonnette, non un pain de muni-
tion, mais une brioche, dont s'est précautionnée
leur ménagère[1]. On bourre ces soldats impro-

1. *Journal d'un prisonnier de guerre anglais.*

visés de proclamations qui leur donnent un passager enthousiasme. Mais si un certain nombre
d'entre eux sont vraiment décidés à tous les sa-
crifices, beaucoup de boutiquiers, malgré les
allures martiales qu'ils affectent, prévoient les
malheurs de l'occupation ennemie. Les ma-
çons, les menuisiers et les serruriers ne sont
occupés qu'à préparer des cachettes pour y dépo-
ser les valeurs et l'argenterie. Des paysans des
environs de Paris envahissent la capitale, traînant des charrettes qui portent leurs meubles, et
campent dans la rue. Des convois de blessés
arrivent sans cesse. On les installe dans les abat-
toirs, encore inachevés, de la rue de la Pépi-
nière et de la rue Rochechouart. Des affiches
réquisitionnent cent mille matelas, dix mille
paires de draps, vingt-quatre mille chemises, et
de la charpie. Les bureaux des passeports, à la
préfecture de police, sont assiégés. A la Salpê-
trière, pleine de soldats malades, le typhus fait
chaque jour d'innombrables victimes; un seul
des médecins, impuissants, d'ailleurs, à soigner
tant de malheureux, résiste à la contagion. Des
militaires mutilés, qu'on ne sait où hospitaliser,
mendient dans les rues. Des rumeurs jettent
l'épouvante, annoncent le pillage et l'incendie.

Le Louvre est encombré de visiteurs qui viennent
dire adieu aux tableaux qui s'y trouvent, per-
suadés qu'ils seront emportés... A cet abatte-
ment général, il y a, il est vrai, de brusques
réactions, comme lorsqu'on apprend la victoire
de Champaubert, et lorsqu'on voit défiler dans
Paris des prisonniers russes et allemands. Mais
ces suprêmes victoires de Napoléon, on le sent,
maintenant, n'empêcheront pas l'inéluctable
dénouement. L'anxiété est à son comble, l'argent
se cache ; en mars, on s'attend aux pires catas-
trophes.

Le moment ne semble guère favorable aux
théâtres et aux spectacles. Cependant — et c'est
l'extraordinaire de Paris à ses heures de grande
crise — ils demeurent ouverts ; ils jouent même
nombre d'ouvrages nouveaux, en dehors des
pièces de circonstance réclamées par l'autorité
pour échauffer l'opinion ; et, dans ces circonstances critiques, c'est, à Feydeau, la première
représentation de *Joconde*, et, aux Variétés, le
28 mars au soir, l'avant-veille du jour où les
Cosaques allumaient, à Montmartre, leurs feux
de bivouac, c'est un vaudeville de Merle et
Ourry, la *Manie des campagnes*... Il s'agissait,
dans la pièce, de bourgeois parisiens qui s'ins-

Louis XVIII.

(D'après une image populaire.)

tallaient au village de Pantin pour y être tran-
quilles. Et, par une assez tragique ironie, le sur-
lendemain, Pantin devait être le théâtre d'une
terrible lutte et être aux trois quarts incendié.

Mᵐᵉ Saqui avait été généreuse : elle avait par-
donné à Napoléon ! Non sans quelque courage, à
l'heure où l'Empire s'écroulait, elle exaltait à sa
manière, c'est-à-dire par sa pantomine sur la
corde, les traditions impériales. Puis, au moment
où Charles-Martel, ce défenseur de la France
contre les Sarrazins, devenait, par un fond de
vieux goût troubadour se mêlant aux préoccupa-
tions des dangers actuels, le héros à la mode, elle
ne laissa pas de s'habiller, elle aussi, au Vaux-
Hall, en Charles-Martel, et, armée d'une lance,
de figurer un combat épique contre d'invisibles
ennemis.

Mais, il n'y a pas à aller contre ! elle avait
surtout, en fait d'opinion politique, celle de la
majorité. Bientôt, comme presque tout le monde,
elle arbore la cocarde blanche. Elle danse devant
un public d'officiers étrangers, elle offre son con-
cours aux fêtes de l'entrée de Louis XVIII à
Paris. En juillet, dans ces jardins de Tivoli où
elle avait eu sa première entrevue avec Napoléon, elle reprend ses exercices pour les gardes

11

du corps conviés par l'état-major de la garde nationale. Les journaux officieux commencent à
célébrer l'éloquence militaire du duc de Berry :

— Nous commençons à nous connaître, Messieurs, dit-il… Si jamais nous faisions quelque
campagne ensemble, nous nous connaîtrions
mieux encore.

La garde nationale, composée de citadins, ravis du retour de la paix, ne souhaite d'ailleurs
aucune « campagne ». Mais elle sait qu'il ne
s'agit que de paroles, et elle applaudit.

Plus tard, au moment de l'entrée à Paris de
la duchesse de Berry, le 17 juin 1816, Mᵐᵉ Saqui
sera choisie pour la réalisation d'une suprême galanterie. La duchesse, dans la voiture du roi, a
traversé, depuis la barrière du Trône, le faubourg Saint-Antoine, sous une voûte de drapeaux
blancs, que les habitants sont censés avoir voulu
poser eux-mêmes. Sur le boulevard du Temple,
à la hauteur du café d'Apollon, une corde est
tendue entre deux mâts pavoisés. Mᵐᵉ Saqui,
vêtue en guerrière, guette le passage de l'équipage royal, et, avec l'adresse nécessaire, elle
lance sur la tête de la jeune duchesse — un peu
étonnée, d'abord — une légère couronne de lauriers dorés.

Plus fermes dans leurs convictions avaient été deux simples pitres, qui faisaient la parade devant le spectacle du sieur Dromale, directeur du théâtre des Pygmées, boulevard du Temple : Bobèche et Galimafré. Noms fameux dans l'histoire des descendants de Tabarin !

Ils s'appelaient, en réalité, Mandelart et Guérin, et ils étaient, avant de monter sur l'estrade où ils amusèrent longtemps le public, l'un ouvrier tapissier, l'autre apprenti menuisier. Jamais compères ne s'étaient mieux entendus pour déchaîner le rire de la foule. Ils avaient vite été célèbres : Bobèche portait un habit rouge et une culotte jaune et, sur une perruque de filasse, arborait un chapeau à cornes surmonté d'un papillon ; Galimafré était habillé en paysan normand et il feignait l'attitude lourde d'un rustre.

Dromale montrait, en son établissement, des « vues de marine », obtenues par des illusions d'optique, et des marionnettes. Mais sans la parade de Bobèche et de Galimafré, il eût fait de médiocres affaires.

On a imprimé quelques-unes de ces parades : il faut avouer que ces lazzis et ces calembours paraissent assez plats aujourd'hui, mais on doit

admettre, pour que leur renommée soit justi-
fiée, qu'on devait les entendre de la bouche
même de ces deux virtuoses de la farce.

Les parades recueillies par Brazier paraissent
un peu pénibles, dans leurs calembredaines.
Ainsi Paillasse raconte sa lutte avec un *ça suffit*.
Cassandre découvre qu'il veut dire un *cétacé*. C'est
évidemment d'un esprit médiocre. Mais, en plein
air, avec la fantaisie de ces bouffons, la saveur
de ces plaisanteries était énormément goûtée.

Un autre historien de la Parade, de la Parade
qui ravissait le bon Charles Nodier, a saisi au
vol pour le fixer pour la postérité un échantillon
meilleur de ces fariboles qui faisaient s'épanouir
la rate des badauds. Bobèche apporte une lettre
à Galimafré : « — Voilà une lettre d'un de
tes pays. Il y mande que ta sœur a commis
quelques inconséquences, vu qu'elle en est, en
six mois, à son douzième amant. — Ah la
coquine ! dit Galimafré, je vais aller la tuer
pour venger l'honneur de la famille. — Oui,
mais, on ajoute que cette conduite légère lui a
rapporté quelque beaux billets de mille et qu'elle
t'en donne la moitié. — Dans le fond, c'est une
brave fille ; je l'aime bien, et je lui pardonne. —
Attends ! des voleurs ont pénétré chez elle en

L'OBÈCHE et GALIMAFRÉ.

son absence et ont volé toute la somme. — Ah ! la gueuse, j'avais bien raison de la maudire ! — Oui, mais les brigands ont été arrêtés le lendemain et on a retrouvé tout l'argent. — Au fait, ma sœur a des qualités, on l'a peut-être calomniée. — Il est vrai que cet argent a été confisqué par la justice. — Ah, la scélérate, l'infâme... »

C'était, au fond, le scénario d'une pièce de « théâtre rosse ».

Quand les Alliés furent devant Paris, Bobêche et Galimafré, délaissant les tréteaux de Dromale, coururent aux barrières, et firent bravement le coup de fusil à une barricade de la rue de Meaux, qui tint longtemps encore après l'attaque des Buttes-Chaumont.

Galimafré ne voulut plus remonter sur les planches. Des soldats étrangers pouvaient être mêlés à la foule, et, avec quelque fierté patriotique, il n'admettait pas de provoquer leur rire. Il entra comme machiniste à la Gaîté.

Bobêche avait eu aussi des scrupules, mais il continua son métier, non sans un certain esprit satirique. Il était d'ailleurs plus affiné que son ami Galimafré : quand il avait quitté son costume de pitre, il s'habillait très correctement, avec une élégance même un peu recher-

11.

chée, et il n'était pas rare de le rencontrer avec
l'habit noir, le jabot plissé, la culotte de soie,
des boucles d'or aux jarretières et aux souliers,
à l'orchestre de la Comédie-Française, applau-
dissant Talma. Il finit assez mal après avoir
voulu être, pour son compte, directeur de
théâtre.

On pouvait rappeler que ces deux fantoches
s'étaient, à une heure grave, transformés en
soldats.

Mᵐᵉ Saqui recommence à voyager. Du temps
de Napoléon, l'Angleterre lui était fermée : elle
s'avise, maintenant, d'exploiter sa renommée à
Londres. Elle s'intitulait naguère « première
acrobate de S. M. l'Empereur ». Elle s'appelle
maintenant « première acrobate de S. M. le Roi » :
l'étiquette reste pompeuse.

Elle avait compté, toutefois, sans les scrupules
de la pudeur britannique. Son entrée était fort
attendue lorsqu'elle parut, et elle salua d'un
geste aisé. Mais à peine s'était-elle montrée,
qu'un murmure de réprobation s'éleva. Fort
surprise de cet accueil, un peu décontenancée
pour la première fois, elle n'en concevait point

Mme SAQUI.

(D'après une estampe anglaise.)

Collection de Mlle J. CHASLES.

les raisons. Un Français qui se trouvait là se
hâta de l'avertir : c'était son costume, composé
d'une tunique courte et d'un maillot de couleur
chair qui excitait cette indignation, vraisemblablement excessive.

— N'est-ce que cela? dit, en riant, Mme Saqui.

Elle se faisait escorter, comme je l'ai dit,
par de soi-disant Turcs qui dressaient les chevalets et les mâts, s'occupaient des accessoires,
veillaient au matériel. D'un signe impérieux,
elle en renvoya un dans la coulisse, où elle le
suivit. Un instant après, elle reparaissait affublée d'une culotte bouffante, dans laquelle
elle flottait, un peu plaisamment.

— J'espère, fit-elle, que je suis suffisamment
habillée, maintenant...

Et, bien que ce pantalon oriental alourdît sa
démarche et risquât d'ajouter aux dangers qu'elle
courait communément, en la laissant moins
maîtresse de ses mouvements, elle se lança
alertement sur la corde et conquit vite les suffrages que son ignorance des susceptibilités an-
glaises avait seul retardés.

Cependant, après tant de représentations un
peu partout, après ce vagabondage de « tournées », Mme Saqui s'était prise du désir d'être

chez elle. Aujourd'hui encore, quel est l'artiste qui ne rêve d'être directeur ?

Le ménage s'était raccommodé tant bien que mal. Julien Saqui s'était peu à peu résigné à n'être plus que l'homme d'affaires de sa femme. Celle-ci s'était d'ailleurs assagie en s'épaississant, en même temps que s'accentuait, bien qu'elle n'eût alors que trente et un ans, ce qu'il y avait d'un peu brusque et d'un peu viril en elle. Ce n'était plus la « sylphide » des débuts à Tivoli. Son affinement, dans la compagnie de gens d'esprit et en ses quelques aventures galantes n'avait été qu'assez superficiel. En 1816, l'atavisme reprenait en elle le dessus, et elle devait aux générations d'acrobates dont elle était issue et qui revivaient en elle une certaine impétuosité de manières, un goût d'indépendance, une vivacité d'allures qui rappelaient son grand-père, le bonhomme Masgomieri. Elle était faite pour le commandement.

C'est alors qu'elle sollicita le privilège d'un théâtre à établir, en transformant le café d'Apollon, sorte de spectacle-concert du temps, qui avait déjà subi bien des métamorphoses. Naguère, il avait été le Théâtre des Associés, dirigé par un certain Salé, personnage vraiment

fantaisiste, qui ne dédaignait pas de faire lui-
même, à la porte, l'annonce des splendeurs
qu'il réservait aux spectateurs. C'est lui qui
disait, d'une voix tonitruante : « Prenez vos
billets... Entrez ! Venez voir *Don Juan* ou le
Festin de Pierre. » Puis, au bout d'un instant,
s'adressant à un employé de l'établissement :
« — Allez chercher l'habit à brandebourgs sous
lequel Don Juan enlèvera la fille du comman-
deur... Montrez-le à l'honorable société...
Présentez-nous le costume pailleté du dernier
acte, quand il est foudroyé ! » Cette exhibition
de costumes était un trait caractéristique de
son boniment, d'autant plus singulier qu'il
s'exerçait sur des ouvrages classiques, qu'il
avait la manie de représenter. C'est lui qui
adressait des invitations aux plus illustres
acteurs de la Comédie, pour qu'ils pussent
comparer l'interprétation des chefs-d'œuvre en
leur théâtre et aux Associés. A la vérité
c'étaient surtout des succès de fou rire qu'obtenait Salé.

Le Théâtre des Associés devint, avec la
Révolution, le Théâtre Patriotique, et, sous le
Directoire, passant entre les mains de Prévôt,
homme universel, directeur, acteur, auteur,

le « Théâtre sans prétention ». Titre infiniment modeste, assurément.

Prévôt ne joua guère que des pièces de lui, le *Jacobin espagnol*, l'*Utilité du divorce*, *Dépenses et générosité*, le *Retour d'Astrée* ou la *Correction des mœurs*, les *Femmes duellistes* ou *Tout pour l'amour*, le *Valet à trois maîtres*, les *Deux fous raisonnables*, l'*Aimable vieillard*, etc. Il avait beaucoup d'imagination, et on ne pouvait point lui refuser une belle activité. Il n'en finit pas moins, après bien des déboires, humble montreur de lanterne magique.

Le café d'Apollon, où l'on ne se préoccupait nullement de littérature, avait remplacé le « Théâtre sans prétention ». C'est là que Mᵐᵉ Saqui installa son théâtre, qui devait rester fameux dans l'histoire du boulevard du Temple. Il ne lui était accordé que de donner des spectacles d'adresse et des pantomimes, mais elle devait élargir peu à peu ce programme.

Une nouvelle existence commençait pour elle.

IX

Une estampe mélancolique du Musée Carna-
valet représente le boulevard du Temple éven-
tré, en 1862, par les grands travaux d'édilité qui
transforment Paris. La longue ligne de théâtres
qui s'étendait naguère ne présente plus que des
ruines. Ici, un mur de scène reste encore; là,
une façade n'est plus qu'à l'état de silhouette;
ailleurs, l'œuvre des démolisseurs s'est déjà
accomplie. C'est le ravage de tout un long passé
dramatique...

Sous la Restauration, le boulevard du Temple était une foire perpétuelle. Les théâtres et les petits spectacles étaient serrés les uns contre les autres. Le « Spectacle-acrobate » de Mme Saqui était installé au n° 52 du boulevard, et avait une entrée au 49 de la rue des Fossés du Temple. Comme voisins immédiats, elle avait le cabinet des figures de cire de Curtius, qui, à chaque changement de régime, habillait différemment le factionnaire immobile de la porte de son établissement, sans rien modifier à son musée ; le théâtre du Petit Lazari, qui avait succédé au spectacle de Dromale, ruiné par le départ de Bobêche et Galimafré, où l'on ne montrait alors que des marionnettes ; les automates de Thevelenin ; les ombres chinoises de Hurpie ; un autre cabinet de figures de cire tenu par une demoiselle George, qui n'avait que le nom de commun avec la tragédienne. C'était aussi le coin des cafés légendaires, comme celui de l' « Epi-scié » qui devait finir, après avoir été un rendez-vous d'amateurs de chansons, par se transformer en un bouge, où trôna une abominable mégère, qu'on appelait « le capitaine du recrutement » ; le Café Chinois, le Café du Bosquet, où l'on jouait des vaudevilles à deux personnages. Sans parler des théâtres, l'Ambigu, la Gaîté, le Cirque Olympique, où ne dansait-on et ne chantait-on pas, où ne jouait-on pas la comédie, sur le boulevard du Temple !

Non loin du Spectacle-acrobate, Mme Saqui retrouvait, installée à l'ancien théâtre des Patagoniens, une vieille connaissance, la Malaga, qui, jadis, à Tours, lui avait donné ses premières leçons.

La Malaga, de son vrai nom Catherine Bénéfand, avait beaucoup perdu, alors, de son charme de brune ardente, et elle s'était épaissie. La vogue se retirait d'elle, et son spectacle agonisait. Elle n'avait plus comme « aboyeur » le fameux pitre Rousseau, qui avait fort, par son énorme bonne humeur, contribué à la prospérité du théâtre, aux belles années de l'Empire. Rousseau qui était à la fois « Turlupin, Polichinelle, Mascarille et Falstaff », dont la figure bourgeonnée éveillait à elle seule la gaîté des passants, qu'il attirait par un refrain burlesquement chanté par lui :

> C'est dans la rade de Bordeaux
> Qu'est arrivé trois gros vaisseaux...

Elle s'était séparée aussi de son associée, Rose, qui, dans leurs représentations, incarnait la

12

fantaisie et la hardiesse, tandis qu'elle continuait, elle, les traditions de la danse noble.

Rose et Malaga! Deux noms qui furent
célèbres ! Rose renouvelait les exploits de la
« belle Tourneuse » à la foire Saint-Laurent :
elle se piquait des épées au coin de chacun de
ses yeux, et elle tournoyait pendant un quart
d'heure avec une telle rapidité que le public en
éprouvait le vertige. Ou bien, elle se faisait his-
ser dans un vaste plat, recroquevillée comme un
pigeon à la crapaudine, et, soudain, reprenant sa
forme gracieuse, elle se livrait à d'étonnants
exercices.

Rose, bien qu'elle eût bien des cordes à son
arc, s'inclinait volontiers devant l'art supérieur
de son amie Malaga.

La Malaga fut la mère de Joséphine Luguet, qui
joua longtemps aux Variétés, et la grand'mère
de Marie Laurent. La vaillante artiste de drame
se souvenait de la vieille funambule, qui mourut en 1852, d'une mort enviable ; elle venait de rentrer chez elle ; elle se sentit tout
à coup très lasse, s'assit dans un grand fauteuil
à oreillettes, et, appelant une voisine, lui demanda un verre d'eau. Elle en but quelques
gorgées.

— Ah ! que je suis bien ! dit-elle, comme en extase.

Elle répéta, semblant suivre une vision :

— Comme c'est beau !

Puis sa tête retomba. Elle avait fini de vivre. Le sort lui devait peut-être, en compensation des années de misère qui avaient suivi ses anciens succès, ce suprême sommeil dans une sorte de félicité.

Peu de temps avant sa mort, on s'était occupé d'elle à l'Académie de médecine ; elle présentait un cas fort rare : ses dents, dans une mâchoire dégarnie par l'âge, s'étaient mises à repousser.

Devenue une bonne vieille, la Malaga habitait, dans le quartier du Panthéon, un très médiocre logement. Une fois par semaine, elle allait voir Marie Laurent, qui la reconduisait jusqu'à la station d'omnibus, en lui glissant dans la main les six sous du prix de la place. La Malaga feignait de monter dans la voiture ; mais avant que le conducteur eût eu le temps de sonner, elle en redescendait vite, et elle faisait le trajet à pied pour économiser cette humble somme.

Ainsi se terminait une destinée qui avait été presque glorieuse !

Elle avait eu — fort jeune, à quatorze ans — un fils qui fut le graveur des premières planches de modes, au *Petit Courrier des Dames*, cet aïeul des publications féminines.

Au milieu des pires difficultés, elle avait gardé un collier de corail à six rangs, qui lui avait été donné jadis, à la suite de quelque représentation, par ordre de Napoléon : elle le laissa à Marie Laurent, qui le portait communément. Ce collier fut coupé et volé le soir de la tragique bousculade du 15 août 1869, qui causa, dans la ruée de la foule vers le feu d'artifice, la catastrophe du Pont de la Concorde.

Quand M\u1d50\u1d49 Saqui retrouva la Malaga, les choses avaient bien changé depuis leur première rencontre !

Malaga, depuis un terrible accident, à Versailles, qui l'avait laissée suspendue, pendant près d'une demi-heure, dans le vide, les mains se brûlant à la corde à laquelle elle se rattachait désespérément, avait à peu près perdu la faveur du public. M\u1d50\u1d49 Saqui alla la voir, et, reconnaissante des leçons de jadis, lui offrit un engagement. Mais quoi qu'elle n'eût plus d'illusions et qu'elle sentît la ruine prochaine, par un vieux fond d'indépendance, elle préféra demeu-

LA MALAGA.

rer, jusqu'à la fin, maîtresse de son pauvre théâtre déserté.

L'attraction principale du Spectacle-acrobate, c'était, naturellement, Mme Saqui elle-même qui paraissait à toutes les représentations, traversant le théâtre sur une corde tendue et y renouvelant toutes ses prouesses. Mais, en quinze années, combien de falotes et étranges figures défilèrent sur cette scène vite adoptée par le populaire!

Quelque note de journal, un programme subsistant par hasard évoquent seuls, aujourd'hui, ces célébrités fantaisistes d'un moment.

Au début, Mme Saqui avait voulu un certain faste dans la salle reconstruite par ses soins. Le rideau était dans le goût mythologique; il y avait deux rangs de loges bien décorées; des peintures évoquant les exploits de la danseuse ornaient les murs; mais quand la toile s'était levée, ce qui excitait l'admiration du public, c'était la légion des fameux Turcs, gardes du corps de la directrice, en costumes éblouissants, montant la garde sur la scène, ou, plus prosaïquement, faisant le service.

Si les artistes de toute sorte se succédaient

12.

chez Mme Saqui, il y avait un fond de troupe, formé en grande partie de parents et d'alliés, comme les Charigny, danseurs non sans mérite, qui s'étaient attachés à la fortune de la « patronne », et un tas de Saqui divers.

L'*Almanach des Spectacles*, l'année d'après l'ouverture du théâtre, donne cette brève notice sur son genre : « Danses de corde et panto-mimes-arlequinades. Les acteurs n'y peuvent entrer en scène qu'en faisant la roue ou le saut périlleux. Dans telle pièce héroïque que nous y avons vu représenter, deux princes rivaux, disputant de mérite en présence de leur maî-tresse, se mirent à sauter et à cabrioler de toutes leurs forces, et celui qui fut préféré par la prin-cesse ne dut cet avantage qu'à l'excellence de sa culbute. »

Suit la liste du personnel administratif et artistique : où sont les Achille, les Amable, les Laurent frères, les Chevalier et les Alleaume qui remplissaient les rôles de mimes ? Dans quelle bizarre planète errent leurs ombres ? Qui se souvient de ce trio, Élisa, Zoé et Justine, qui durent avoir pourtant quelques grâces ? Qui aurait l'idée de ressusciter la mémoire de M. Godet, maître de ballet, de M. Vanderland, contrebasse, de M. Charles, 2me flûte, et de M. Ernest, timbalier?

Au demeurant, pour grossir le tableau de troupe, en apparence, les mêmes noms se retrouvent dans les divisions principales, mimes, danseurs, danseuses de corde. Ces derniers forment un imposant total de onze sujets, dont un comique, nommé Bellery.

Dès les commencements, Mme Saqui, se mettant en frais, produit des « numéros » de marque, comme on dirait aujourd'hui. C'est Jacques de Falaise, « le polyphage », qui, avec une vivacité de commande, avale ou feint d'avaler tout ce que lui offre le public et ce qui semble le moins assimilable à un estomac humain : des lorgnettes, des journaux, des mouchoirs, des tabatières. Son appétit est insatiable et il déclare trouver un goût délicieux aux objets les plus hétéroclites. C'est Kabris, qui danse la Nou-kaï-Vienne, danse dont l'histoire a un peu perdu le souvenir; c'est Jordiana, l'équilibriste, qui, paraît-il, éclipse tous ses prédécesseurs; c'est le groupe de prétendus Esquimaux, qui donne aux *titis* parisiens une idée, d'ailleurs chimérique, des mœurs des voisins du Pôle nord; c'est

M. Leclercq, « physionomane »; combien d'autres!...

Le théâtre prospère d'ailleurs. Les premières années sont heureuses. Des légendes se forment même sur la fortune de Mme Saqui. On raconte (et les *Mémoires* de Mme Flore font allusion à ce bruit) qu'elle a acheté le château de Voltaire à Ferney[1]. Il n'en est rien, en fait. L'ombre de Voltaire, même de Voltaire propriétaire, devait assez peu hanter les rêves de Mme Saqui.

En 1822, il se passa, au Spectacle-acrobate, une scène tumultueuse où apparut une des plus étranges figures de l'époque. Il y avait, alors, ayant fait son quartier-général du Palais-Royal, un homme, à la barbe hirsute, qui se faisait une coquetterie de ses haillons. Misérable, il mettait en scène sa misère avec orgueil. C'était le fameux Chodrue-Duclos. Il avait été, pendant la Révolution, et sous l'Empire, un fervent et bouillant royaliste. Il avait été célèbre par son élégance et par ses innombrables duels. Il

1. Le château de Ferney, après la mort de Mme Denis, fut revendu par les de Villette à ses anciens propriétaires, les de Budé. Ceux-ci le cédèrent ensuite à la famille Griollet. En 1848, le château passa entre les mains de M. David, négociant de pierres fines. C'est sa fille, Mme Lambert, qui le possède aujourd'hui (Communication de Me Modas, notaire à Ferney).

avait dépensé sa fortune et son sang au service
de la cause des Bourbons.

Cependant, quand Peyronnet, qui avait été,
à Bordeaux, son intime ami, arriva au minis-
tère, Chodrue-Duclos, réclamant, dans le
triomphe de son parti, le prix de ses services
durant les jours d'épreuves, fut éconduit. A la
vérité, dans l'importance démesurée qu'il atta-
chait à sa personnalité, il avait demandé des
fonctions politiques où il n'eût été que compromettant; on ne lui avait offert qu'un emploi trop
modeste, à son gré, puis son humeur intraitable
lui avait fait fermer toutes les portes.

Alors, Chodrue-Duclos s'était posé en victime, et il s'était cyniquement logé dans un
bouge, affectant la pire détresse et l'étalant,
comme un témoignage de l'ingratitude des
défenseurs de la monarchie, à présent victo-
rieuse.

Il errait dans le Palais-Royal, élargissant
volontiers les déchirures de ses sordides habits,
grignottant en public un croûton de pain, s'atta-
chant à montrer le traitement, selon lui indigne,
dont il avait été l'objet.

Était-il vraiment sans ressources? On raconte
que, un jour, un fermier arriva à Paris, avec un

sac d'écus représentant des redevances de plusieurs années. Chodrue-Duclos s'irrita, renvoya l'homme, abasourdi, et jeta l'argent dans la rue. Il se plaisait, Diogène aigri, dans le rôle qu'il avait adopté.

Au demeurant, on ne se moquait pas impunément de lui, et l'ancien bretteur avait conservé une vigueur redoutable. C'est ainsi que, de ses mains nerveuses, il envoya un jour rouler de l'autre côté des grilles du jardin deux gardes du corps qui s'étaient permis de le plaisanter. On l'avait poursuivi plusieurs fois, mais, en somme, il n'y avait qu'insignifiants délits dans son cas, pour gênante que fût son attitude à l'adresse du Pouvoir, et on avait fini par le laisser tranquille.

Ce gueux volontaire se posait volontiers en Don Quichotte, à l'occasion, et aimait à donner des leçons. C'est ainsi que, un jour, il souffletait un passant qui, à ce qu'il en jugeait, manquait d'égards envers une femme, et que, une autre fois, ayant, de son autorité privée, jugé un mari odieux, il se prêta à l'enlèvement d'une belle coupable par un amant décidé à tout braver.

N'ayant pour but que de se faire voir partout

pour insister sur le déni de justice dont il avait été victime, Chodrue-Duclos allait parfois dans les petits théâtres. C'est ainsi qu'il se trouvait un soir chez Mme Saqui.

Il y avait dans une loge un couple élégant, trop élégant peut-être au milieu du public ordinaire, qui attirait l'attention. Ce jeune homme et cette jeune femme sourirent avec quelque dédain d'exercices qui charmaient la foule. On murmura autour d'eux.

Ils sortirent pendant l'entr'acte, et on les poursuivit de railleries assez malsonnantes. Le jeune homme s'impatienta, lança quelques propos un peu vifs. Les spectateurs s'ameutèrent, menacèrent de lui faire un mauvais parti.

Chodrue-Duclos intervint alors gaillardement. Il fut accueilli, avec ses loques, par des quolibets. Mais il prit rudement au collet, selon son habitude, les plaisantins les plus proches de lui et il les secoua d'une façon intimidante, puis, retrouvant sa gentilhommerie d'antan, ôtant l'innommable objet qui lui servait de chapeau et saluant galamment, il dit, en s'adressant à la compagne du mondain interpellé :

— Je vous supplie, Madame, de n'avoir aucune crainte. J'ai naguère, tenu tête à de bien autres gens que cette canaille...

Les invectives recommencèrent. Chodrue-Duclos envoya autour de lui quelques horions et assura avec décision la sortie de ses protégés.

Mais une nouvelle affaire faillit surgir. Le jeune homme, une fois sur le boulevard, voulut, bien qu'il ne laissât pas d'être étonné encore de cette aide empressée, reconnaître le service rendu, et il mit la main à son gousset...

— Monsieur ! fit Chodrue-Duclos d'une voix terrible.

— Quoi ?... qu'y a-t-il ? demanda l'autre, stupéfait.

— Après vous avoir sauvé, je devrais maintenant, en bonne équité, châtier votre impertinence. Sachez, Monsieur, que je donne mes bons offices, et que je ne les vends point...

Chodrue-Duclos se drapa dans ses haillons. La jeune femme l'apaisa par un gracieux remerciement, et il consentit alors à s'éloigner majestueusement.

— Mais c'est un fou ! s'écria le dandy, dans le même instant libéré d'une fâcheuse situation, et provoqué.

Il avait dit le mot vrai [1].

Quoique transformé — à la lettre — en va-nu-pieds, l'ancien muscadin qu'avait été Chodrue-Duclos eut encore des duels. Il en eut un, au fusil, dans le bois de Boulogne, avec un individu à qui il reprochait d'avoir, une dizaine d'années auparavant, insulté son père. Il perça son chapeau d'une balle : le chapeau tomba.

— Je savais bien, Monsieur, dit-il, que je vous forcerais à saluer.

Chodrue-Duclos mourut dans la rue, où il avait vécu dix-huit ans, en 1835. Il tomba foudroyé, devant la porte d'une boutique de la rue Saint-Honoré.

Il fit un effort désespéré pour se relever, en murmurant, avec le suprême souci d'une attitude d'orgueil :

— Mourir debout !...

Il roula d'ailleurs dans le ruisseau.

Cependant, à côté du théâtre de Mme Saqui, d'autres spectacles venaient s'installer sur le boulevard du Temple, où il n'y avait plus un

1. Sous ses orteils, chaussés d'éternelles sandales,
   Il a, du long portique, usé toutes les dalles.
   Être mystérieux qui, d'un coup d'œil glaçant,
   Déconcerte le rire aux lèvres du passant...
                    BARTHÉLEMY. La Némésis.

13

coin qui ne fût chantant, disant, ou dansant.
C'était le théâtre des Funambules, notamment,
Je ne sais s'il est bien exact que ses directeurs,
Bertrand et Fabien, sollicitèrent le privilège de
leur entreprise uniquement pour faire une
redoutable concurrence à Mme Saqui et la pour-
suivre de leurs ressentiments à propos de quelques mauvais procédés de sa part. Mme Saqui ne
fut d'ailleurs pas fort inquiète d'abord de ces
voisins qui n'hésitaient devant aucun sujet à
mettre en pantomime.

Toutefois, dès la seconde année, ils lui enle-
vaient, par hasard ou par un pressentiment de
ses futurs succès, son Paillasse, expert en de
caustiques boniments. C'était Jean-Gaspard
Debureau, qui devait être le plus célèbre des
Pierrots. N'est-il pas piquant que ce grand comédien qui n'avait pas besoin de la parole, dont
tout l'art était dans le geste et la physionomie,
et qui fut admirable parce que muet, ait commencé par être un bavard professionel ?

Quand Mme Saqui engagea Debureau, il était
déjà rompu à ce métier, ayant rempli l'emploi
dans la troupe paternelle, pauvre troupe errante
qui avait été jusqu'en Turquie à la recherche, non
pas de la fortune, mais du pain quotidien. Moins

souple que ses frères et sœurs, presque mala-
droit, alors, on l'avait avec un peu de dédain,
confiné dans les fonctions d'aboyeur. Au boulevard du Temple, il y excellait, un peu inquié-
tant seulement, parfois, par la lourdeur de ses
plaisanteries triviales. Le nom de Deburéau
n'était encore porté, avec quelque éclat, au Spectacle-acrobate, que par sa sœur, dite la « Belle
Hongroise », qui, après le départ de son frère,
resta au théâtre Saqui. Aux Funambules, Debureau végéta encore deux ou trois ans, dans l'obscurité, avant que se révélât l'espèce de génie
qui lui fit créer un genre nouveau.

Au moment de sa plus grande renommée,
Mme Saqui regretta-t-elle de l'avoir laissé partir?
Elle était directrice, et, comme telle, elle pouvait déplorer qu'il eût passé ailleurs avec armes
et bagages ; mais elle était artiste, et, en tant
qu'artiste, elle eût souffert d'une gloire qui,
même dans un ordre différent, eût risqué de
jeter quelque ombre sur la sienne. La psycho-
logie théâtrale n'a pas beaucoup changé.

X

Le *Miroir*, journal des théâtres, disait en souriant que les Funambules, c'était le temple de
l'art classique, et le Spectacle-acrobate, celui de
l'art romantique. La fantaisie de Mme Saqui, im-
pétueuse, innovatrice, justifiait cette comparaison littéraire.

Les deux théâtres, malgré cette distinction que
faisait un feuilletoniste, finirent par se porter

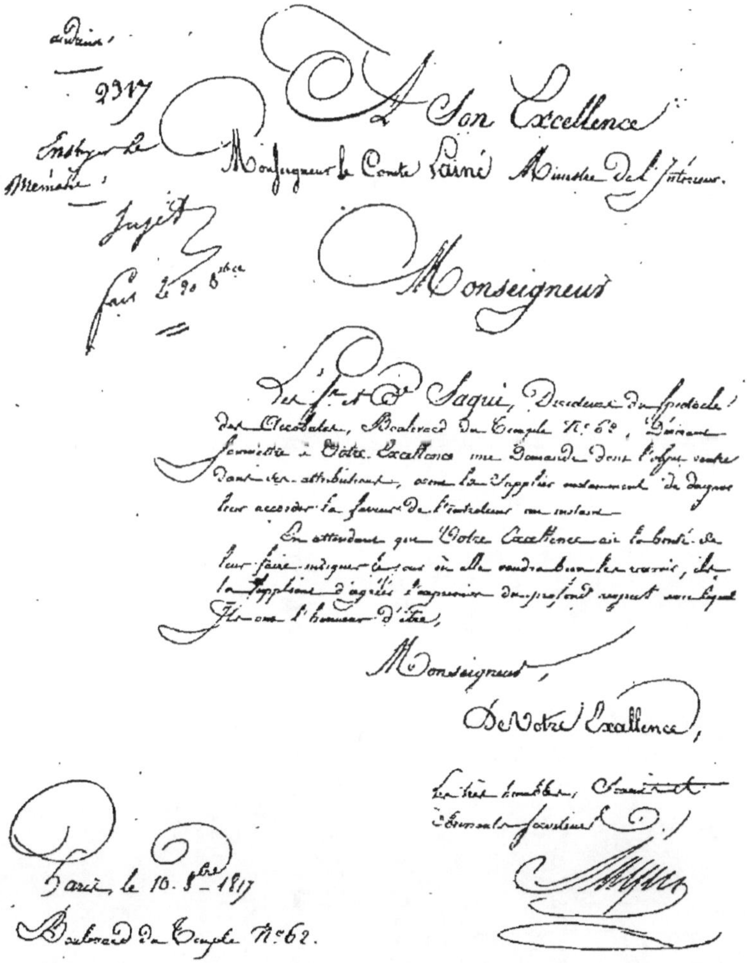
audience.

2317

Envoyer le Mémoire ;

Sujet

fait le 20 8bre

A Son Excellence

Monseigneur le Comte Lainé Ministre de l'Intérieur.

Monseigneur

Les S.r et D.e Saqui, Directeurs du Spectacle des Acrobates, Boulevard du Temple N.o 62, désirant soumettre à Votre Excellence une Demande dont l'objet rentre dans ses attributions, osent la Supplier instamment de daigner leur accorder la faveur de l'entretenir un instant.

En attendant que Votre Excellence ait la bonté de leur faire indiquer le jour où elle voudra bien les recevoir, ils la Supplient d'agréer l'expression du profond respect avec lequel Ils ont l'honneur d'être,

Monseigneur,

De Votre Excellence,

Les très humbles, et très obéissants serviteurs

Saqui

Paris, le 10. 8bre 1817

Boulevard du Temple N.o 62.

Lettre de M. et Mme SAQUI au Ministre de l'Intérieur.

Collection de Mlle J. CHASLES.

préjudice. Julien Saqui, timidement, proposa un jour à sa femme une association entre les deux scènes rivales.

L'idée fut acceptée par Bertrand et Fabien, directeurs des Funambules, mais l'association n'empêchait pas chacun de tirer de son côté, ce qui était, au fond, assez humain. De violentes imprécations de Mᵐᵉ Saqui la rompirent un soir, et on reprit sa liberté de part et d'autre.

La vérité est que Mᵐᵉ Saqui venait d'avoir un atout dans son jeu, dont elle entendait profiter.

Le Préfet de police avait chargé de la surveillance des deux petites scènes M. le chevalier Jacquelin. M. le chevalier Jacquelin était un vieux beau, à qui son dévouement affiché à la cause royaliste, en des temps d'épreuves, avait valu cette modeste place d'inspecteur des théâtres. Sous l'Empire, il avait été quelque peu emprisonné, ayant été englobé dans un complot de la chouannerie normande, puis bientôt relâché comme trop insignifiant. Il fallait qu'il eût été bien inoffensif, en effet, pour que l'ombrageuse police impériale l'eût mis hors de cause. M. le chevalier n'en tirait pas moins vanité de sa courte captivité. Il avait toujours été assez pauvre, mais ces événements, déjà lointains, lui

13.

permettaient de se présenter comme un homme
ruiné par sa fidélité au principe monarchique et
d'évoquer avec quelque complaisance le lustre
imaginaire de son passé.

Aux environs de la soixantaine, il était resté
galant. Il parlait aux dames cérémonieusement,
mais non sans qu'on surprît parfois chez lui des
regards un peu égrillards. Il laissait d'ailleurs
volontiers entendre, avec un grand air de mystère, qu'il avait été honoré de beaucoup de bonnes
fortunes, dont la discrétion seule l'empêchait de
faire le récit. A la vérité, les émoluments de sa
place étant fort minces, il était logé à peu près
par charité dans les combles de l'hôtel d'une
vieille comtesse, à laquelle il avait jadis rendu
quelque service pendant l'émigration. En retour
de cette hospitalité, il faisait ses comptes, et,
quand elle n'avait personne, elle lui imposait de
longues parties de cartes.

Avec ses prétentions et sa vanité, et aussi avec
tout ce qu'il y avait de chimérique en lui, M. le
chevalier Jacquelin devait être facile à séduire.
Sans qu'il y eût, je pense, besoin d'aller plus
loin, Mme Saqui, dont les trente-six ans avaient
un bel épanouissement, se mit pour lui en frais
de coquetterie. Elle fit mine de lui prêter une

attention dont l'inspecteur des théâtres ne dissimula pas sa satisfaction. Elle provoquait complaisamment ses bavardages, flattait ses manies nobiliaires, paraissait sensible à ses fades madrigaux et feignait de le trouver dangereux.

Bientôt il eut son couvert mis dans la maison. On lui demandait un avis sur tout ce qui se préparait, on lui donnait une importance qui le charmait, et, comme il se piquait d'avoir de l'imagination, on sollicitait de lui des idées, puis des canevas de scènes, et c'est ainsi que tout doucement Mme Saqui obtint de pouvoir représenter de petites pièces, au lieu de se borner à des pantomimes et à des exercices d'adresse. Elle élargissait son cadre, elle augmentait l'attrait de son spectacle. M. le chevalier Jacquelin, inspecteur des théâtres, pouvait-il sévir contre M. le chevalier Jacquelin, auteur? Il avait été adroitement enveloppé et circonvenu, et ce n'était plus que pour les seuls Funambules qu'il agitait, à l'occasion, les foudres administratives. Le *Mentor* souleva une polémique à ce sujet, piqua de traits acérés le fonctionnaire féru de la passion du théâtre, mais l'autorité ne s'en émut guère. Et c'est ainsi qu'un public, qui n'était pas alors très exigeant, put ouïr, après

avoir admiré la souplesse des acrobates, l'ingéniosité des illusionnistes ou des merveilles
de force des athlètes, des œuvres telles que
Sobieski, les *Amants persécutés*, la *Vallée des
chèvres*, *Barbe noire* ou la *Discipline militaire*,
productions où le plaisant et l'émouvant étaient
savamment dosés. Ai-je le droit d'oublier encore,
pour les avoir relevées sur des programmes du
temps, ces pièces aux titres suggestifs: *Rodolphe
ou les chevaliers d'Edimbourg*, *l'Orpheline de
Janina*, *Clémence de Monglade*, le *Bailli Mirli-
flore*, le *Diable en pension*?

Si Debureau était parti, on avait non seulement sa sœur aînée, la *Belle Hongroise*, mais sa
cadette qui venait d'épouser un gentilhomme
polonais, le comte de Dombrowski, et qui
empruntait un nouveau lustre à sa noblesse
toute fraîche, ne l'empêchant pas de faire avec
autant d'assurance que par le passé le double
saut périlleux. Elle eut pour neveu un petit
homme au teint pâle, à la barbe rare, d'une
rare énergie pourtant, qui devait être jeté,
en 1871, dans la plus étrange situation dramatique. Après avoir défendu opiniâtrement la Commune, il l'avait trahie. Il avait tenu sa promesse
en dégarnissant de troupes fédérées un secteur

de Paris. Mais l'argent et les sauf-conduits qu'il attendait n'arrivèrent pas à temps, et, en fataliste qu'il était, il recommença à combattre l'armée régulière, à laquelle il avait ouvert un passage, et il se fit tuer rue Myrrha, en défendant Montmartre.

Joies naïves de l'époque du Spectacle-acrobate ! Une attraction du théâtre de Mme Saqui fut un moment la *Clarinette enchantée*. « L'exécutant, dit le programme, se met à cheval sur son instrument, et en tire des airs mélodieux. »

Au théâtre Saqui débuta la « jeune Laponne », qui s'appela plus tard sur l'affiche « Carolina, Laponne ». C'était une naine que le hasard, disait galamment Théodore de Banville, « s'était plu à développer en femme de Rubens ». Elle se montrait encore, de plus en plus énorme — en largeur — sous le règne de Louis-Philippe. C'est sur elle qu'on raconte cette anecdote savoureuse. Sa vaste poitrine logeait un cœur, et ce cœur s'était pris d'amour, par un ironique contraste, pour un géant qui avait répondu à sa flamme. C'était un bon diable de géant, et Carolina était irascible et jalouse. Parfois, elle éprouvait le besoin de battre le colosse. Alors, elle lui disait :

— Mets-moi sur la table que je te donne un
soufflet.

Le Goliath obéissait docilement, l'enlevait de
ses mains immenses, et recevait, en esclave, le
soufflet promis. Après quoi il la reposait à terre.
Histoire non dépourvue d'un sens symbolique.

En 1825, M. Saqui mourut. Le brave homme,
dont l'existence n'avait guère été heureuse,
tenait si peu de place qu'on ne s'aperçut guère
de sa disparition. Du moins, de plus hautes
visées ne lui étant point permises, était-il
devenu un administrateur soucieux d'ordre et
de régularité. Sa perte fut peu sensible à l'art
(il y avait longtemps qu'il avait renoncé pour
lui-même à la danse), mais elle devait l'être
aux intérêts de l'entreprise, plus tard, quand
Mᵐᵉ Saqui eut la mauvaise inspiration, pour le
remplacer, d'appeler à elle son frère Baptiste,
grand brouillon et grand faiseur de projets uto-
piques.

Mais il devait encore y avoir des années heureuses. Une incontestable activité régnait d'ailleurs dans la maison. Le spectacle changeait
constamment. Voici un exemple de la composition des affiches, pour une quinzaine seulement, du 1ᵉʳ au 15 janvier 1826 :

1er janvier : Le *Départ des Montagnes* ; *Claudine* ; les *Plaisirs d'automne*. — 2 janvier et 3 janvier, même spectacle. — 4 janvier : Le *Troubadour* ; les *Folies* ; la *Danse de corde*. — 5 janvier : L'*incomparable Cossard* ; *Alexine* ; la *Voltige* ; les *Beaux Pierrots*. — 6 et 7 janvier, même spectacle. — 8 janvier : Le *Pas de la Houlette* ; l'*Eveillé et l'Endormi* ; le *Tapis merveilleux*. — 8 et 9, même spectacle. — 10 janvier : Le *Festin de Pierre* ; l'*Epouse* ; les *Farces* ; *Danse de corde*. — 11 janvier : L'*incomparable Cossard* ; l'*Héroïne d'Orléans* ; le *Trésor de Bagdad*. — 12 janvier : La *Lutte des Alcides* ; *Jean et Jeannette* ; *Mandrin*. — 13 janvier : Le *Chou enchanté* ; *Clara Wendel* ; les *Plaisirs d'automne*. — 14 janvier : Le *Troubadour* ; *Mandrin* ; le *Trésor de Bagdad*. — 15 janvier : La *Petite Allemande* ; l'*incomparable Cossard* ; la *Voltige* ; — Nouveau pas de Mme Saqui sur deux cordes tendues[1].

Ainsi, c'est presque chaque jour que le programme se modifie, et l'affiche ne mentionne que les attractions principales. On travaillait ferme dans ces petits théâtres d'antan, qui, si la

---

1. Le *Courrier des spectacles*. Le *Mentor*. Le *Miroir*.

tradition de la parade était tombée en désué-
tude, gardaient celle de l'annonce. A la porte du
Spectacle-acrobate, une sorte de héraut d'armes, d'une voix rétentissante, haranguait la
foule :

« — Voici le vrai moment de prendre ses billets... Les grands exercices de cordes et de voltige vont avoir lieu... Ils commenceront à neuf
heures précises à la montre en or et à répétition
de Mᵐᵉ Saqui... Entrez.., suivez la foule ! ».

Pour avoir « suivi la foule », en cette année
1826, deux hommes payèrent de leur vie le
plaisir qu'ils avaient pris pendant une partie de
la soirée. Un soir de janvier, ils étaient entrés
chez le changeur Joseph, au Palais-Royal, lui
avaient demandé je ne sais quel renseignement,
et tandis que le bonhomme, baissant la tête,
examinait un papier qui lui était tendu, ils
s'étaient précipités sur lui et l'avaient criblé de
coups de poignard ; après quoi, ils avaient déva-
lisé la boutique, emportant une vingtaine de
mille francs. Contre toute apparence, la victime
n'était point morte ; elle avait même pu indiquer
que les assassins, qui avaient échangé quelques
mots, pendant le crime, étaient de tout jeunes
gens, probablement Italiens.

La queue au Boulevard du Temple. (Lithographie de Engelmann.)

On les chercha longtemps vainement. Vidocq, qui était alors dans sa période de tours de force policiers, s'était juré cependant de les prendre, et ne désespérait point.

— Ils se cachent, pensait-il, mais ils ne garderont pas toujours cette prudence... Ils voudront dépenser l'argent volé... Attendons!

C'est dans une loge du théâtre Saqui que Vidocq, qui, comme le Solitaire, était partout et voyait tout, les aperçut enfin. Ils affectaient la tournure de dandies, et ils étaient accompagnés de deux jolies filles. Du moins, un de ces instincts qui guident les policiers experts, et qui les guident plus sûrement que des indications précises, l'avertissait-il qu'il tenait les coupables; une attentive observation des deux spectateurs lui avait révélé que, en dépit de leur luxe, ils trahissaient des habitudes de gens à qui il n'a pas toujours été familier... Cependant, il n'avait que des soupçons, et une erreur était possible: or, une erreur, c'eût été, pour Vidocq, pour l'infaillible Vidocq, quelque chose comme le déshonneur...

Il fallait causer un peu avec eux, mais sa physionomie risquait d'être connue de braves garçons qui avaient des raisons de se défier de

14.

lui. Il n'en était pas à un travertissement près.
Il se rendit dans les coulisses, demanda le régis-
seur Lafargue, qu'il connaissait, et celui-ci, sur
sa prière, mit à sa disposition une loge d'artiste,
avec tous les accessoires de maquillage. En un
instant, ayant fait emprunt d'une opulente
pelisse au magasin des costumes, Vidocq était
transformé en un vieux beau, au teint un peu
bistré, qu'un employé du théâtre accompagnait
jusqu'à une loge voisine de celle des suspects,
en l'appelant cérémonieusement « monsieur le
comte ».

Les jeunes gens se retournèrent instinctive-
ment. Le « comte » eut vite trouvé le moyen de
lier conversation avec eux, et il l'engagea en
italien (Vidocq avait tant voyagé naguère, librement ou non, qu'il savait quatre ou cinq langues). Un heureux hasard réunissait des compatriotes : il fut charmant, galant avec les dames,
et, cependant qu'il plaisantait, se répandait en
anecdotes, il étudiait ces prétendus fils de
famille, dissimulant mal leur vulgarité. A des
questions adroitement posées, comme par un
intérêt bienveillant, sur leur arrivée et leur
séjour à Paris, leurs réponses étaient embarras-
sées et contradictoires. Les soupçons de Vidocq

prenaient corps. Il redoubla de bonne grâce, et, à l'entr'acte, proposa aux jeunes femmes, amusées par cette offre, de leur faire visiter la scène. Il les introduisit, en effet, pour se débarrasser d'elles, dans un corridor, puis, s'arrangeant de façon à ce que la porte se fermât sur leur passage, il se plaça au milieu des deux Italiens et les prit chacun par un bras.

— Mes chers amis, dit-il d'un ton bonhomme, si nous causions un peu, entre nous?... Permettez à quelqu'un qui s'y connaît de ne pas vous faire ses compliments... Quand on se hasarde au jeu que vous avez joué, on ne laisse personne vivant.

Tout en parlant, il les serrait contre lui, de manière à leur faire sentir une rude étreinte.

— Que signifie?... demanda l'un d'eux, bouleversé.

— Mes agneaux, reprit Vidocq, toujours jovial, vous n'êtes pas de force !... On n'emploie pas le poignard : c'est sale, et ça n'est pas sûr... On étrangle, ou on assomme...

— Quelle est cette plaisanterie? fit l'autre, avec un grand effort pour cacher son épouvante.

— Bon! ce n'est pas la peine de nous fâcher !... Mais le changeur Joseph a fait votre

portrait, mes pauvres enfants, et il est diable-
ment ressemblant...

Les Italiens essayèrent de se dégager.

— Oh, ça, mes petits ! dit Vidocq en ap-
puyant ses mains de fer sur leurs bras, para-
lysés, il n'y faut pas compter... Bavardons donc
gentiment, en nous promenant sur le boulevard... Il fait beau, et rien n'est plus agréable
que de marcher un peu...

Quand, avec ses captifs, il arriva, sans s'être
pressé, au corps de garde de la rue Vieille-du-
Temple, il avait confessé les coupables, et obtenu d'eux leurs premiers aveux.

Ils s'appelaient Ratta et Malagutti : ils furent
condamnés à mort. Généreusement, leur victime
avait demandé qu'on leur fît grâce de la vie.
N'ayant pu l'obtenir, il éprouva d'effroyables
angoisses à l'approche de leur exécution. Ce
brave homme, véritablement sans rancune,
s'affolait à l'idée de leur fin. Une chose véritablement extraordinaire se passa, quoique parfaitement vraie. La veille de leur mort (et il ne
savait pas qu'elle fût décidée pour le lendemain), il fut pris de tremblements convulsifs, et,
au moment où leur tête tombait sous le couteau de la guillotine, à ce moment précis, il

expirait lui-même. C'est là un cas de correspondance télépathique vraisemblablement unique.

Dans son théâtre, Mme Saqui était redoutée et aimée. Elle était despotique, mais bonne. C'est un assez plaisant tableau familial que celui qu'a présenté un chroniqueur de la Restauration, la montrant, au foyer du Spectacle-acrobate, un peu avant l'heure de la répétition, entourée de ses artistes, assise dans un grand fauteuil, comme une reine, deux nains à ses pieds sur de petits tabourets, écoutant impartialement les vœux et les réclamations de sa troupe, et répondant brièvement, selon l'équité.

On est, avec la vérité, bien loin de la légende qui la représente comme une virago, capable de mettre à elle toute seule les tapageurs à la raison, dans des soirées houleuses. Mme Saqui, de ses fréquentations d'antan, « avait conservé un ton et des manières qui n'eussent pas été déplacées dans un salon » ; elle ne se permettait pas, quoi qu'on ait dit, le moindre juron, et, elle qui avait donné l'exemple de toutes les hardiesses, elle se plaisait, à ses moments perdus, à filer auprès d'un vieux rouet.

Par exemple, dès ce moment, comme plus tard, dans ses ébauches de Mémoires, elle ai-

14.

mait à embellir certaines particularités de ses histoires, et elle ne dédaignait pas le piquant des contrastes :

« — J'ai parcouru, disait-elle, l'échelle de la vie de saltimbanque, depuis le tapis étendu sur le pavé de la rue, où, seule, abandonnée à l'âge de cinq ans, je me voyais forcée de pourvoir à ma chétive existence, jusqu'aux tentures d'or et de soie qu'on a si souvent dressées pour moi dans les palais des rois... »

Elle exagérait, son enfance n'ayant point été malheureuse. Elle exagérait aussi le luxe déployé à son intention, par la raison que ses grandes ascensions s'étaient toujours faites en plein air, avec un invariable matériel, assurant sa sécurité.

Mais Mme Saqui, en fileuse, dans une attitude de matrone romaine, voici, du moins, un croquis un peu inattendu. Au curieux qui l'interrogeait, elle ne manqua pas de rappeler les leçons de danse que son père avait données au comte d'Artois, qui était alors Charles X, et elle avait l'air de dire, avec un peu d'importance, qu'elle savait bien des choses sur le roi.

Un joli mot, en tout cas. Alors que Lalanne enseignait au comte d'Artois l'art de se tenir

Le Boulevard du Temple.

Mme SAQUI, Directrice du Spectacle-Acrobate.

sur la corde, le comte de Provence, son frère, entra par hasard dans la salle où avaient lieu ces séances.

— Mon pauvre d'Artois, dit le futur Louis XVIII, je te savais capable de toutes les extravagances, mais je n'aurais jamais deviné celle-ci.

— Oh, oh, l'homme profond, répliqua le prince, sans quitter le balancier... mais si je fais un entrechat ou une volte, du moins, je les fais moi-même, et je n'en charge pas mon secrétaire...

L'allusion était assez nette aux travaux littéraires du comte de Provence, dont il n'était pas le véritable auteur.

— Oui, reprenait Mᵐᵉ Saqui, le comte d'Artois était alors « une jambe brillante » !

Et ce souvenir paraissait singulier quand on pensait au roi qui faisait escorter les processions par des soldats et qu'une caricature fameuse, celle du « Pieu Monarque », montrait en soliveau couronné, de larges épaulettes pendant de chaque côté du morceau de bois.

J'ai dit que Mᵐᵉ Saqui avait appelé auprès d'elle son frère Baptiste. C'était un homme de belle humeur, bien qu'il eût passé, dans son

existence agitée, par des moments critiques.
C'était une étrange idée que d'aller prendre
pour administrateur un personnage aussi aventureux, aussi fantaisiste, aussi loin de la vérité,
qui n'avait jamais su mener sa propre barque.
Il n'était pas d'entreprise chimérique dans
laquelle il ne se fût embarqué, tour à tour
directeur forain, inventeur, spéculateur. Il
avait vendu, sans être payé, aux Grecs soulevés
pour la guerre de l'Indépendance, des fusils
qu'il n'avait pas, de sorte que l'opération, qu'il
avait fini par transformer dans ses récits comme
une affaire magnifique, avait été quelque peu
illusoire. Coutumier de ces ombres de négocia-
tions et de ces fantômes de marchés, il avait,
moyennant une honnête commission qu'il
n'avait naturellement pas touchée, promis de
prêter au bey de Tunis une somme qu'il n'avait
jamais pu réunir. Merveilleusement utopiste, la
tête bouillonnante sans cesse de projets, il les
tenait pour réels dès qu'il les avait exposés,
puis n'y pensait plus. Quand il était venu
trouver sa sœur, après l'avoir perdue de vue
pendant quelque trente ans, il revenait, dans un
état voisin du dénuement, d'Egypte où il avait
été inutilement chercher fortune auprès de

Soliman-Pacha, qu'il avait connu à Paris, quand
celui-ci, sous le nom de Joseph Sève, officier en
demi-solde, battait le pavé pour trouver de quoi
vivre. Mais Baptiste, en Egypte, était pour
Soliman, pourvu de tous les honneurs, un ami
compromettant, et il faut dire qu'il s'était, par
habitude de vantardise, servi un peu cavalière-
ment du nom de son protecteur. Celui-ci l'avait
renvoyé avec quelque argent, que Baptiste
s'était hâté de perdre, en Italie, dans une
malencontreuse conception commerciale... Ce
n'étaient pas là de bien grandes garanties;
mais il était amusant, remuant, vivant, bon
compagnon, intarissable en histoires, et il avait
fini par prendre sur Mme Saqui, qu'il divertis-
sait, et qu'il savait flatter, un ascendant prépondérant.

Les idées se précipitant en sa cervelle, il ne
cessait d'en suggérer à sa sœur. Sa situation
était bonne, assurément; elle pouvait être meilleure encore. Avec autant d'aplomb que d'ignorance, il se chargea du placement de sa fortune,
et Dieu sait ce que pouvaient être les place-
ments du pauvre Baptiste : c'était, par une fatalité, tout ce qu'il y avait de plus désastreux.
Étonné, de bonne foi, d'ailleurs, du déplorable

résultat de ses calculs, il n'avouait pas les pertes, et, pour se rattraper, engouffrait de nouveaux fonds dans d'autres combinaisons tout aussi absurdes. S'il était surpris, au reste, de ces in-succès financiers, il avait un fonds d'insouciance qui ne le laissait inquiet et affligé qu'à moitié : il pensait que la chance le favoriserait bien quelque jour, forcément, et, dans le triomphe définitif de ses opérations, il pourrait confesser les erreurs passagères.

Mme Saqui avait déjà vu se succéder nombre de régimes, de Louis XVI à Charles X. Elle de-vait en voir d'autres encore, la Monarchie ci-toyenne, la République et le second Empire. En juillet 1830, prompte à suivre les mouvements de l'opinion, elle acclamait la Révolution. L'im-pétueux Baptiste n'avait pas manqué d'y prendre part, et il ne fut pas le dernier à se vanter d'une part des exploits dont se targuèrent bientôt ceux-là mêmes qui, prudemment, étaient restés chez eux. Le 28, s'armant d'un vieux fusil du magasin des accessoires, il s'était joint à la co-lonne qui, débouchant du faubourg Saint-An-toine, passa sur le boulevard du Temple, et engagea la lutte contre les « royaux » à la Porte Saint-Martin.

— Des Suisses ! hurlait Baptiste, d'une voix terrible, j'en veux !

C'était le mot que répétaient les combattants les plus acharnés, comme s'ils eussent voulu manger des « habits rouges ». Je ne sais si Baptiste fit beaucoup de besogne, mais il fit sûrement beaucoup de bruit. Des idées ! Il en avait toujours. Ce fut lui qui proposa de s'emparer d'une fabrique d'eau de Javel, d'en emplir des pompes et d'en asperger ces Suisses exécrés. Que ne raconta-t-il pas, après la victoire ! Quelles prouesses n'avait-il pas accomplies ! Quels mots historiques n'avait-il pas prononcés !...

Dès le 2 août, Mme Saqui, se hâtant de changer de cocarde, rouvrait son théâtre, pavoisé de couleurs tricolores, offrait une représentation au profit des blessés, et faisait jouer un à-propos improvisé où l'on voyait fraterniser, aux cris de *Vive la charte !* un ouvrier et un élève de l'École polytechnique. L'ouvrier recevait une balle dans la poitrine, et, je ne sais comment, l'arrachait lui-même, l'embrassait et disait au polytechnicien :

— Portez-là à ma femme, et dites-lui que je suis mort pour ma chère Patrie !

Trépignements, fureur d'enthousiasme, acclá-

mations. On avait là victoire un peu emphatique.
Les journaux étaient pleins de ces paroles d'une
solennité où personne ne se fût avisé, alors, de
démêler je ne sais quoi d'un peu comique.

Il y avait aussi, dans ce pêle-mêle, des faits
récents mis à la scène, la fameuse redingote
verte de la jeune femme, habillée en homme,
qui avait fait le coup de feu devant la colonnade
du Louvre, qui était devenue immédiatement
populaire sous son nom d'emprunt de Victor. Il
y avait encore le bon docteur (rôle joué par le
nommé Hinaux) qui offrait des vivres aux insur-
gés. — « Et vous, mon ami, disait-il à un jeune
homme ? — Moi, Monsieur, je ne mangerai ni
ne boirai avant d'avoir vengé mon père. »

Au dénouement, Mme Saqui, elle-même, représentant la Liberté, brandissant des drapeaux,
exécutait un pas de sa composition plein d'entrain et de fougue. Cette représentation, elle
avait été l'annoncer elle-même, à travers les
faubourgs, revêtue de son plus beau costume,
dans un coucou pavoisé qui remplaçait son
carrosse d'antan.

Baptiste, au fond, n'avait pas été fâché de la
diversion apportée par les événements politiques.
Sa sœur, malgré sa confiance, commençait à

être préoccupée de son retard à rendre des comptes, et des réponses éludées à des questions précises. Elle avait imprudemment donné plusieurs fois sa signature, éblouie par son bagout, par sa prétendue connaissance des affaires (on pense bien qu'il n'avait pas raconté ses aventures sans les modifier quelque peu à son honneur et que, pour expliquer sa misère, il avait dû imaginer quelque dramatique histoire), et elle s'étonnait de ne pas voir arriver les sommes considérables promises. L'agitation publique permit à Baptiste de justifier les délais demandés. Il avait d'ailleurs la faculté tout à fait admirable d'oublier ce qui le gênait.

Le temps vint, cependant, où il fallut bien qu'il avouât la légèreté de ses conceptions financières : à la vérité, il n'en avait profité en rien, mais il avait perdu tout ce qu'il avait engagé, et il s'était mis en de telles mains que Mme Saqui se trouvait, par surcroît, débitrice, — ayant assumé, à son insu, de lourdes responsabilités, — d'une centaine de mille francs.

Le notaire Lenoble, qui avait été le notaire de la succession de Julien Saqui, fut prévenu et chercha à débrouiller le chaos des opérations de Baptiste.

15

— Mais, dit-il, il n'y a qu'un fou pour avoir agi avec une telle persistance dans cette sorte de volonté de la ruine.

Baptiste n'était pas fou : c'était un illuminé, ce qui est parfois plus dangereux. Il avait choisi les affaires les plus invraisemblables ; il avait donné des fonds aux « puffistes », comme on disait, selon un mot alors nouveau, les plus redoutables. Il avait été pour eux une proie facile. Le notaire ne trouva-t-il pas des actions pour l'exploitation du brevet d'invention de chapeaux à haute forme qui, la nuit, devenaient lumineux et permettaient de transporter avec soi son éclairage ? Il n'était pas de chevalier d'industrie à qui, comme d'instinct, Baptiste n'eût donné la préférence.

— Malheureux, lui dit Mme Saqui, quand elle vit clair et qu'elle eut constaté le déplorable usage qu'avait fait son frère de sa confiance, où nous as-tu conduits?...

— Sans doute, fit Baptiste... tous mes calculs n'ont pas été heureux... Mais j'ai une idée qui nous permettra de réparer ce dommage...

— Merci ! s'écria Mme Saqui épouvantée. Je ne te demande plus que de ne té plus mêler de rien !.

Bien que, durant les premiers mois du règne de Louis-Philippe, une période de liberté des théâtres permit à Mme Saqui d'élargir son genre et de mêler même des mélodrames aux exercices acrobatiques, son entreprise devint lourde. Elle était, au demeurant, écrasée de soucis par les procès qu'elle avait à soutenir et par les dettes créées par les ridicules combinaisons de Baptiste. L'année 1831 fut difficile. En 1832, l'apparition du choléra rendit l'exploitation des théâtres désastreuse. La terreur était partout, on n'imaginait que remèdes extraordinaires, une odeur de camphre emplissait l'air, et les récipients d'eau chlorurée dans les salles de spectacle ne permettaient même pas à de rares spectateurs d'oublier le fléau. Mme Saqui, aux prises avec les pires difficultés, traquée par des créanciers d'autant plus féroces que leurs créances étaient frauduleuses en leur source, se trouvant aux abois, vendit son théâtre à un impresario nommé Dorsay, qui le transforma en une scène de vaudeville. Et sait-on quel fut le premier ouvrage qu'il y joua, alors que l'épidémie venait à peine de s'éteindre, et que tant de familles étaient encore en deuil? Ce fut une pochade de Deslandes et Didier, intitulée le *Cho-*

léra !... Et le public y vint ! A présent qu'il n'y
avait plus de danger, chacun affectait d'avoir
gardé son sang-froid et sa bonne humeur pendant les terribles jours, et l'on riait des alarmes
évoquées un peu vite, et des trembleurs dont,
cependant, tout le monde avait été plus ou
moins...

Le public du Théâtre Saqui : *A la porte... à la porte... Enlevez leur z'y le ballon !*
(Lithographie de PRUCHE.)

XI

A quarante-sept ans, Mme Saqui, après avoir
été l'idole de la foule, après avoir eu des
théâtres à elle, est contrainte à reprendre sa vie
nomade. Elle eût dû garder quelque rancune à
son frère, auteur de sa ruine, mais Baptiste
était d'une inconscience désarmante. Elle se
borna à se séparer de lui...

15.

Elle voyage, comme autrefois. Elle revoit quelques-unes des capitales où, en des temps épiques, elle suivit les armées impériales conquérantes. A la grâce disparue, elle supplée par la hardiesse, demeurée incomparable. A Berlin, elle donne des leçons à une jeune femme un peu désemparée, qui vient de faire un terrible *fiasco* à l'Opéra ; et, bien qu'elle n'ait pratiqué que la danse de corde, elle essaye de rompre à la souplesse et aux lois essentielles de l'art une ballerine présomptueuse, qui n'a dû ses débuts qu'à de hautes influences. Dans quelques années, cette danseuse malhabile, habituée à l'insuccès, fera, par un long scandale, retentir l'Europe de son nom de Lola Montès, recevra, à Munich, les ministres plénipotentiaires envoyés à la cour de Bavière, et traitera avec eux au nom du roi, épris d'elle jusqu'à faire de sa maîtresse une sorte de ministre...

Ce sont, pour Mme Saqui, des années qui commencent à devenir difficiles, avec de bonnes heures, parfois, des éclairs de succès, mais aussi des soirées où elle a la sensation douloureuse d'une curiosité diminuée autour d'elle. Elle a, au reste, de lourdes charges : ce n'était pas assez des folies de Baptiste ; ses proches de-

vaient lui être assez funestes. D'une de ses récon-
ciliations avec son mari, au début de la Restauration, elle avait eu une fille, Félise[1]. Félise se
maria fort jeune, avec un entrepreneur de fêtes
publiques, qui portait un nom fort gai : il
s'appelait Pinson. Pinson n'en fit pas moins
de très mauvaises affaires, et, pour le sauver,
Mme Saqui assuma la responsabilité de ses dettes.
La tâche devenait rude à la période du déclin.

En décembre 1839, on la retrouve à Paris,
où elle donne, à son ancien théâtre, sa première représentation d'adieux ; elle devait être
suivie de plusieurs autres, à des époques différentes.

Ce fut vraisemblablement à celle de 1845
qu'assista Théodore de Banville, qui l'a racontée
avec un curieux mélange de scepticisme et
d'émotion. Cette fois, on lui avait refusé la
scène où elle avait si longtemps triomphé, et
c'était aux Funambules qu'elle paraissait, aux
Funambules plus hospitaliers que les Délasse-
ments...

1. Mme Saqui eut aussi deux fils, qui moururent avant elle.
L'un, Charles, devait jouer, fort obscurément, la comédie, et il
parut un moment aux Folies-concertantes, d'Hervé. L'autre
fut chef ou sous-chef machiniste dans de petits théâtres.

L'affiche portait, en lettres énormes :

POUR LA DERNIÈRE FOIS!

Grands exercices de Mme Saqui.

« Pour la dernière fois, dit Banville... Je me
sentis le cœur serré comme, plus tard, à la
représentation de retraite de Mlle Mars. Je n'avais
jamais vu Mme Saqui : je savais seulement qu'elle
avait parlé à Napoléon ; je savais que, dans la
force de son talent, elle avait traversé la Seine
sur une corde tendue avec un drapeau tricolore
dans chaque main... Après avoir naguère ramassé plus d'or que ses bras robustes ne pouvaient en porter, elle venait de rentrer à Paris,
pauvre, et vieille enfin... »

Le vaudeville qui servait de lever de rideau
fut écouté avec indifférence. Enfin, le moment
vint de l'apparition de la danseuse : une corde
tendue du fond du théâtre venait s'attacher à la
première galerie, « scène périlleuse, décor terrible et gros d'émotions, même avant l'entrée des
acteurs ».

Il se fit un grand silence. Mme Saqui se présenta. Hélas! elle était maintenant maigre, ridée,
dévastée. Chez elle, les ravages avaient été

brusques, et le costume de guerrière, à l'antique, qu'elle avait revêtu, tout comme aux grands jours d'autrefois, ne faisait que trop ressortir ces cruautés de l'âge. La première impression, auprès d'une partie du public qui, déjà, ne connaissait que sa légende, fut terrible. Mais quand elle eut, avec une légèreté de jeune fille, sauté sur la corde, on oublia aussitôt cette ombre de tristesse. Elle était toujours l'intrépidité même, elle était toujours sans rivale...

Cependant...

« L'avouerai-je, écrit Banville, je négligeais un peu d'admirer les voltiges et les écarts pour contempler la tête de la danseuse, triste débris d'une beauté supérieure. Tout à coup, je la vis pâlir, ses lèvres se crispèrent, ses yeux s'injectèrent de sang, un murmure de pitié et de sympathie parcourut la salle, Mme Saqui venait de manquer un de ses tours, le plus beau de tous. J'ai oublié comment cela s'appelle, mais qu'importe ! D'ailleurs, j'étais tout au drame effrayant qui se passait sur son visage. Trois fois, la funambule essaya, avec d'horribles efforts, de vaincre la difficulté ; trois fois, ses forces épuisées trahirent son grand cœur. Rien ne peut rendre la colère, le désespoir, le regret immense qu'elle essayait de cacher sous son sourire...

« Mme Saqui fut accablée de fleurs et de bravos, mais, au moment de quitter le public, sa fermeté l'abandonna ; elle éclata en sanglots... Après le spectacle, comme Mme Saqui dépouillait pour la dernière fois le casque doré, un de ses anciens amis, un écrivain mort aujourd'hui, me présenta à elle.

« — Vous voulez être poète, me dit-elle, avec un sourire doux et triste... Voyez pourtant ce que c'est que la gloire ! » Une grosse larme tomba de sa joue, et je me retirai pénétré de respect. »

Récit de poète, en effet. Mme Saqui savait très bien, en déposant son costume, qu'elle le revêtirait de nouveau prochainement ; et, beaucoup plus âgée encore, sa vaillance ne se démentit point.

Elle repartait, bientôt, pour de nouveaux voyages, condamnée, désormais, à d'éternelles pérégrinations. La nécessité, assurément, l'y obligeait, mais ces représentations, même devant un public de quelque petite ville lointaine, lui donnaient l'illusion du succès, dont certains artistes ne se peuvent pas plus passer que de manger ou de respirer.

Au demeurant, elle retrouvait parfois des heures vraiment brillantes. Ainsi Jules Janin la vit-il, en 1847, aux arènes de Nîmes, plus audacieuse que jamais, et soulevant l'enthousiasme comme à ses beaux jours. Mais ce n'était plus que d'exceptionnels moments dans cette vie bohémienne où elle recommençait, avec des cheveux gris, et à un demi-siècle de distance, le métier de son adolescence.

En 1852, un impresario qui n'a rien à perdre l'engage pour une tournée en Espagne, et les recettes sont minces, bien qu'une notice distribuée rajeunisse effrontément la danseuse. Mais il y a, dans la mauvaise fortune, des péripéties dramatiques qui deviennent presque heureuses. Au retour, dans la montagne, un peu avant Tolosa, la petite troupe est attaquée par des bandits, qui ne font, à la vérité, qu'un maigre butin. Cet événement romanesque, cependant, a fait quelque bruit; Mme Saqui et ses compagnons se chargent de l'amplifier, d'y ajouter des particularités émouvantes à souhait; il rappelle l'intérêt et la sympathie vers la vieille acrobate qui raconte, avec un grand luxe de détails, sa capture, les dangers qu'elle a courus, le rapt violent de tout ce qu'elle possédait : le brigand, qui a fait une bien médiocre opération, n'ira pas protester.

Les souvenirs du passé reviennent en foule : Mme Saqui a les honneurs de l'actualité ; sur la route de Paris, à Bayonne, à Bordeaux, à Angoulême, à Poitiers, à Tours, à Orléans, elle donne des représentations qui sont suivies. A Paris, profitant de ce regain de gloire, elle a l'idée de proposer ses talents au directeur de l'Hippodrome, ce vaste cirque de bois qui avait été construit près de l'Arc de Triomphe.

Elle avait soixante-six ans.

Elle parut, non plus en guerrière, mais dans un costume de pèlerin, avec une longue barbe postiche, et il faut avouer que la gravure de l'*Illustration* (3 juillet 1852) qui la représente ainsi laisse une impression assez mélancolique. Et toutefois, si âgée qu'elle fût, elle était leste encore, et elle se plut à des exercices, la tête en bas, qui, au moment du « rétablissement » pour se retrouver dans une attitude normale, demandaient de la force.

Elle se flatta, presque septuagénaire, de refaire une carrière à Paris. En 1853, pour la fête de l'Empereur, le 15 août, elle traversa sur la corde une partie du Champ-de-Mars. Quelles

Mme SAQUI à l'Hippodrome.

émotions anciennes devaient lui faire battre le cœur, en revoyant ce théâtre de ses exploits d'antan devant la garde impériale du maréchal Bessières !

J'ai trouvé dans la *Gazette des Tribunaux* de cette époque (elle mêlait alors une note frivole à la reproduction des débats judiciaires) la trace d'un singulier racontar.

Un Anglais avait parié quarante mille livres sterling avec un de ses compatriotes qu'il demanderait la main de Mme Saqui.

« — Soit, je tiens le pari, dit le gentleman provoqué, mais il est bien entendu que le mariage s'accomplira dans toutes les formes, et que vous vivrez avec votre jeune fiancée, non pas à la manière française, mais à la manière anglaise : vous n'aurez qu'un cœur, qu'une âme et qu'une chambre à coucher.

« À cette nouvelle exigence, le lord épouseur répondit qu'il acceptait avec une parfaite loyauté ces conditions. La chronique ajoute que Mme Saqui n'a pas été surprise de l'ouverture qui lui était faite, promettant à son noble fiancé de lui prouver que son cœur est encore aussi jeune que ses jambes... »

C'était évidemment une plaisanterie : elle ne

16

laissait pas d'être un peu lourde, comme il devait en être dans un grave journal se mettant soudain à badiner.

La curiosité du public parisien pour l' « enragée » de Napoléon Ier ne dura guère, cependant, et Mme Saqui, une fois encore, se remit en route.

Cette fois, elle s'était associée avec une autre vieille gloire, déchue comme elle-même, le prestidigitateur Bosco, son contemporain. Tandis que, en des temps lointains, que les deux débris pouvaient évoquer ensemble, elle ravissait le Paris impérial, Bosco était, lui, soldat au 11e léger et faisait la campagne de Russie, où il était blessé. Envoyé comme prisonnier dans une ville sibérienne, c'est là que sa vocation de magicien se révéla. Ses talents l'aidèrent à passer d'une façon supportable ses deux années de captivité.

C'était un gros petit homme, vêtu, quand il paraissait, sa baguette à la main, devant le public, d'un costume diabolique qui jurait avec son embonpoint. Il avait été célèbre par son adresse et par sa belle humeur. En dehors de ses représentations, qu'il avait données aux quatre coins du monde, il aimait à entretenir sa réputation par mille tours plaisants. C'est ainsi que, pendant une traversée, fatigué de voir un gentleman montrer une grosse bague qu'il avait aux doigts avec un peu trop d'ostentation, il la lui arracha tout à coup, et la jeta dans la mer... ou fit mine de la jeter. L'Anglais, furieux (et on pouvait l'être à moins), lui saute à la gorge, et veut l'étrangler.

— Ma bague! s'écrie-t-il.

— Votre bague, dit froidement Bosco, mais je n'ai pu vous la prendre : elle est dans la poche de droite de votre valise.

— Mais ma valise était fermée à clef...

— Regardez toujours.

C'étaient là de ses menues gentillesses : elles lui donnaient évidemment du prestige, en voyage.

Une autre fois, se trouvant à une table d'hôte, à Bordeaux, je crois, et le repas se faisant attendre, il dit à haute voix, en s'adressant aux autres convives :

— Ma foi, j'ai trop faim... à la guerre comme à la guerre!...

Et, prenant sa fourchette, il l'avala, tranquillement, comme si c'eût été un hors-d'œuvre.

Puis il frappa du poing sur la table :

— Eh bien, garçon?

— Voilà, Monsieur.

— Le dîner n'est donc pas prêt?

Et, avec tous les signes de l'impatience, il usa de la cuiller et du couteau, comme il avait fait pour la fourchette.

Ses voisins le considéraient avec quelque effarement.

— Oh, dit-il, avec toutes les apparences de la simplicité, j'ai un très bon estomac.

Au bout d'un moment, il se faisait connaître. Il était rare qu'il ne préludât point par quelque sortilège de sa façon aux représentations qu'il donnait dans les villes. C'était là une sorte de parade, qu'il faisait lui-même.

Je ne sais au moyen de quel artifice il arrivait à produire une illusion qui était dans son arsenal d'enchantements : en arrivant dans un hôtel, il faisait demander le barbier. Celui-ci accomplissait son office. Quand il croyait avoir fini, Bosco lui reprochait sa négligence avec un feint emportement :

— Vous ne m'avez rasé que d'un côté.

— Moi !

— Voyez !...

En effet, malgré la consciencieuse opération à

laquelle le coiffeur était assuré de s'être livré, la barbe avait repoussé sur l'une des joues. Bien que fort étonné, l'homme recommençait son travail : alors, c'était l'autre joue qui apparaissait garnie d'un poil rude...

Le barbier, affolé, prenait généralement le parti de s'enfuir, pour aller conter partout son aventure, et — c'était une bonne trompette !

Bosco avait été partout. Il avait eu, notamment, l'honneur d'exercer son art devant le sultan Abdul Medjid. Ce jour-là, il avait exécuté son tour des pigeons; il semblait couper la tête à deux pigeons, l'un blanc et l'autre noir. Mais, sur un signe de sa baguette, les deux volatiles ressuscitaient : seulement, le pigeon blanc avait la tête du noir, et réciproquement.

Le sultan avait pris un plaisir particulier au spectacle de ce prodige... Tout à coup, il fit appeler un esclave blanc et un autre, qui était un superbe éthiopien. En même temps, on apportait un cimeterre effilé.

— Répète ton tour sur ces deux hommes, lui dit-il.

Bosco eut un moment d'embarras, puis il fouilla dans sa poche, et en tira une petite fiole vide.

16.

— C'est, dit-il avec aplomb, la liqueur que je compose avec certaines herbes, qui a le pouvoir d'opérer la substitution... je n'en avais apporté que pour des pigeons... Il ne m'est pas plus difficile d'opérer sur des hommes, mais il me faut le temps de composer mon élixir... je demande quinze jours...

Le lendemain, muni d'un passeport, par les soins de l'ambassade française, il quittait Constantinople.

Nul homme n'avait reçu autant de flatteuses attestations de tant de souverains : il en avait composé un volume, relié avec apparat, que le public était invité à considérer... Cependant, quelle renommée ne s'éteint pas! et Bosco, bien qu'il eût encore « travaillé », à l'Élysée, devant le prince-président, connaissait, à son tour, l'ingratitude humaine. L'âge lui avait enlevé un peu de sa dextérité, et des rivaux, comme Robert Houdin, avaient ébranlé sa vieille gloire.

Ce fut un départ un peu triste que celui de ces deux anciens favoris du public, fatigués, usés, abandonnés, que réunissait une même nécessité de prolonger leur carrière, au delà des bornes normales.

D'étape en étape, ils finirent par gagner

l'Algérie où les distractions étaient rares encore.
Hélas! le prestidigitateur, tout cassé qu'il fût,
fit encore plus d'impression que la danseuse, à
laquelle on ne prêta là-bas qu'une médiocre attention. Bosco, selon sa méthode d'autrefois, forçait le public à s'occuper de lui. C'est ainsi qu'il
allait au marché, qu'il marchandait des œufs.

— Combien?

— Un sou.

— Avec ce qui est dedans?

— Sans doute.

— Ce n'est pas cher.

Il ouvrait l'œuf, et en tirait une pièce de vingt
francs. Trois ou quatre fois il renouvelait
l'épreuve. Le marchand, stupéfait et ébloui, ne
voulait plus vendre cette merveilleuse provision.
Mais il avait beau casser quantité d'œufs, à son
tour, il n'y trouvait que du jaune et du blanc,
tandis que Bosco, suivi par la foule, émerveillée,
opérait sur un autre étalage.

Mme Saqui considérait avec un peu de dédain
ces pratiques charlatanesques de son associé, elle
qui n'avait à sa disposition que ce qui lui restait
de son art. C'était grâce à ces moyens, cependant,
que la représentation n'avait pas lieu devant des
banquettes.

Mᵐᵉ Saqui reparaîtra encore à Paris, toutefois. Sur un vaste terrain situé entre les rues de Lyon et de Bercy et le boulevard de la Contrescarpe, emplacement occupé aujourd'hui en partie par un dépôt de la Compagnie des omnibus, s'était fondé un grand cirque, succursale de l'Hippodrome de l'Etoile, les *Arènes Nationales*. Il était fait surtout pour un public populaire. Mᵐᵉ Saqui s'y montra, traversant l'espace de la vaste piste sur la corde, et, par une sorte de défi, vêtue non plus en pèlerin, mais en danseuse, et couronnée de roses, hélas !

Il y avait encore, en 1859, si rares qu'ils fussent devenus, des « vieux de la vieille », qui, le 5 mai, anniversaire de la mort de l'Empereur, reprenaient, pour un jour, leur ancien uniforme, et se rendaient, en pèlerinage, à la colonne Vendôme. L'Empire encourageait, comme une vivante évocation de la légende, cette promenade des « fantômes de l'ex-garde », selon le mot de Gautier, et on a raconté qu'il pourvoyait volontiers à la reconstitution de la défroque militaire des médaillés de Sainte Hélène de bonne volonté, car la conservation de tant d'habits, de culottes, de bonnets à poil, de gigantesques shakos, à travers tant

de régimes politiques, était un peu invraisemblable.

Cette année-là, on mena les Vétérans aux
Arènes nationales, et ce fut un étrange et presque
macabre spectacle. Des « fantômes », oui ! C'était
un spectre de danseuse qui paraissait devant des
spectres de soldats, dans un cadre et dans un
milieu où rien ne ressemblait plus à leur temps.
C'étaient cette faiblesse et cette caducité qui représentaient une époque de force ! L'idée était-elle
bien heureuse ? Mais, depuis le second Empire,
Mme Saqui rappelait avec insistance les souvenirs
du premier, et c'était à ces souvenirs qu'elle
devait une ombre, un semblant de protection.
La liste civile de Napoléon III ne reniait pas les
galanteries de Napoléon Ier.

Cependant, tout disparaissait autour de la
vieille acrobate, de ce qui avait été le cadre de sa
vie. En 1862, les théâtres du boulevard du
Temple, de ce boulevard du Temple où elle avait
si longtemps régné, étaient démolis : c'était là le
coin le plus pittoresque du vieux Paris qui s'en
allait, pour faire place à de vastes voies nouvelles.
Le 15 juillet 1862, à minuit, les Folies Dramatiques, la Gaîté, les Funambules, le théâtre du
Cirque donnaient leur dernière représentation :

à côté de leur suprême affiche s'étalaient déjà
des avis d'entrepreneurs : « Matériaux à vendre ».

La *Complainte du vieux Titi*[1] qui « donnait
quelques pleurs » à tout ce passé, bouleversé par
l'avenir, rappelant tout le fourmillement populaire autour des innombrables spectacles, et les
types si caractéristiques, que dispersait l'invasion
des démolisseurs, n'oubliait pas du moins
Mme Saqui, en un familier hommage à sa carrière. Le « titi » se montrait connaisseur du
grand art, en faisant allusion aux modifications
de la scène où avait triomphé l'ex « première
funambule du Gouvernement » :

> D'la danse des acrobates
> P'tit mioche, j'étais heureux :
> On a remplacé ces jeux
> A se faire casser les pattes
> Mais par malheur, c'est *ça qui*
> Nous a privés de Saqui !

En cette année 1862, on retrouve une dernière fois Mme Saqui à l'Hippodrome. Elle a près
de soixante-dix-sept ans. Mais, bien qu'elle se
flatte de tenir encore d'une main ferme le balancier, bien qu'elle ait une vaillance qui veut ignorer

1. *Complainte d'un vieux titi sur la démolition de son
boulevard du Crime*, sur l'air de *Fualdès* (Typographie Béaulé,
rue Jacques-de-Brosse, 16.)

le poids des années, elle court, maintenant, trop de dangers... C'est la fin, la retraite définitive.

C'est alors qu'elle va s'installer à Neuilly. Le peintre Vallet se souvient très bien, étant enfant, de la visite, chez ses parents, d'une vieille femme, tout de noir habillée, avec un grand voile noir sur son chapeau à bavolet, qui laissait voir ses cheveux blancs partagés en bandeaux. La maison, au n° 20 de la rue Basse-de-Long-champ, était à louer, et cette petite vieille, c'était Mme Saqui, alors très discrète, très effacée, glissant plus qu'elle ne marchait [1].

Ce fut, en fin de compte, dans un appartement, au premier étage, de la maison portant le n° 48 *bis* de l'avenue de Neuilly, maison en partie transformée aujourd'hui, et qui se composait alors de plusieurs corps de logis, qu'elle vint s'installer. Elle était maintenant toute seule.

On peut, d'après l'inventaire fait après sa

---

[1]. Assez invraisemblable, en raison même de son attitude discrète et de sa réserve, me paraît cette anecdote contée par le *Figaro* d'alors. Ayant affaire à la Justice de Paix, elle aurait, à l'appel de son nom, répondu en bondissant, par un saut hardi, jusque auprès du juge, un peu étonné. Peut-être eût-elle été capable encore de cette prouesse gymnastique; mais, d'après les témoignages recueillis, elle était, par son humeur, fort éloignée de ces plaisanteries.

mort, reconstituer le modeste intérieur où elle
attendait ses derniers jours. Rien de plus bourgeois que cette retraite de la plus fameuse acrobate du siècle, avec quelques restes de confor-
table un peu lourd. Mme Saqui est assise, rêvant
à ses succès d'antan, revoyant, par la pensée, le
cours accidenté de sa longue vie, dans un grand
fauteuil Voltaire, les pieds appuyés sur une
chaise chauffeuse. Armoires et commodes d'acajou. Sur la cheminée, une pendule de bronze
doré, sous globe, et, à côté de deux candélabres,
deux « sujets, sous cylindre » et deux coupes de
verre. Mais elle n'allume guère cette cheminée, et
elle se chauffe à l'aide d'un petit poêle de fonte.
Quelques portraits de parents ou d'anciens compagnons de caravanes rompent, sur les murs, la
monotonie du papier peint commun. Dans un an-
gle, une statue de la Vierge, devant laquelle est un
prie-Dieu. Mme Saqui, sur le tard, a de la religion.
Sur une table, une cage avec deux perroquets.

C'est avec eux qu'elle cause, obligée de n'avoir
plus confiance que dans la société des bêtes. Elle
avait recueilli une ancienne amie, une danseuse
comme elle, qui se trouvait dans la pire détresse.
Avec elle, elle s'entretenait du passé ; avec elle,
elle évoquait les fêtes d'autrefois. Mais l'amie,

au bout d'un mois, disparut brusquement, déva-
lisant de tout ce qu'elle avait pu emporter sa charitable hôtesse. Ce fut, pour celle-ci, une amère
déception, et elle ne vit plus guère personne[1].

Dans la salle à manger, où elle devait peu
s'attarder, dont la table ronde, également en
acajou, était recouverte d'un tapis de laine, l'or-
nement principal était un tableau-horloge, représentant un village, avec son église, et c'est dans
le clocher de cette église qu'était disposé le
cadran : aux heures et aux demies, un méca-
nisme régalait d'un petit air de musique.

En acajou encore était la chambre à coucher,
sévère, avec ses rideaux de reps, où rien ne rappelait une existence d'artiste. Mais, dans une
petite pièce éclairée par une fenêtre donnant sur
la cour, il y avait une grande malle, contenant
des costumes dont elle n'avait pas eu le courage
de se séparer, et elle l'ouvrait, parfois, s'attardant
dans son isolement, à contempler et à toucher ces
épaves de sa longue carrière. C'était sa dernière
coquetterie. Elle était encore assez alerte.

---

1. Elle eut une autre tristesse : elle avait recommandé au
directeur de l'Hippodrome deux acrobates, auxquels elle s'in-
téressait ; ils se tuèrent, dans une terrible chute, le soir même
de leurs débuts.

17

Un voisin obligeant, M. Formentini, qui s'inquiétait d'elle, parfois, et à qui, en remerciement de son intérêt, elle devait laisser son mince héritage, par un testament déposé chez Mᵉ Rotier de la Berthelière, notaire à Paris, la surprit une fois essayant d'ajuster sur sa taille sa cuirasse en carton doré... En fait, à quatre-vingts ans, elle regrettait la foule, le péril, les émotions d'une représentation, et, si on le lui eût permis, elle eût dansé encore...

La gêne s'accentua dans les derniers mois de sa vie; on trouva, dans son secrétaire, une liasse de reconnaissances du Mont-de-Piété, attestant qu'elle avait dû engager tout ce qui avait une petite valeur : une chaîne de col en or, et la montre, pour 100 francs ; un bracelet en or, pour 42 francs ; une chaine de ceinture, une timbale, une tabatière, pour 45 francs ; deux broches, pour 85 francs ; des couverts d'argent, pour 57 francs...

Tandis qu'elle se procurait péniblement ces suprêmes ressources, il y avait, installée dans un palais, une jeune femme, née en Russie, portant, par son mariage, le nom d'un des premiers dignitaires de l'Empire français ; et cette jeune femme était la petite-fille de Mᵐᵉ Saqui. J'ai dit, dans un autre chapitre, par quelle aven-

...re. Mais Mme Saqui s'était imposé de ne se point
...ire connaître d'elle, de même que, au moment
...e l'adoption de sa fille, par les soins du père,
...ns une illustre famille, elle s'était sacrifiée, et
...ait accepté de n'être plus qu'une étrangère
...our elle,... Saltimbanque, soit! Mais sa lignée
...aturelle approchait d'un trône. Et ce n'est pas là
...contraste le moins singulier de son histoire.

...Mme Saqui s'éteignit presque subitement, le
...janvier 1866, dans l'après-midi. Ce ne fut que
...eux ou trois heures après sa mort qu'une femme
...son service, entrant dans sa chambre, la trouva
...annimée. La pauvre triomphatrice de naguère
...ait bien abandonnée.

...Le décès fut déclaré à la mairie de Neuilly par
...Formentini et par un de ses amis, M. Sire,
...hotographe. L'acte, dressé d'après des rensei-
...nements sommaires, est assez incomplet[1].

...Mme Saqui est enterrée au Père-Lachaise (40^e

---

[1] Mairie de Neuilly-sur-Seine. Registre 1866, n° 27. Bulle-
...in de décès : Nom : Lalane. Prénoms : Marguerite-Antoinette.
...rofession : artiste. Age : quatre-vingts ans. Née : à Agde
(Hérault). Décédée : le 24 janvier 1866, à 3 heures. Rue : de
...euilly, 48 *bis*. Inscrite : le 22. Fille de : les noms de père et
...ère n'ont pas été indiqués. Veuve : de Jean-Pierre Saqui.
...e nom de Lalanne est, à ce qu'on voit, estropié, et les pré-
...oms du mari ne sont pas les véritables.

division, 1re ligne, n° 7, de l'avenue Greffulhe).
Le monument, qui est bien du goût du style fu-
néraire de la Restauration, avait été construit
pour Julien Saqui, en 1825. Il se compose d'une
colonne, surmontée d'une urne, d'où pend lourdement un voile. Au pied de la colonne, dans
une boîte en tôle, fort abîmée, se trouve une
statue de la Vierge qui est probablement celle
qu'avait chez elle Mme Saqui et dont il est fait
mention dans l'inventaire. Une balustrade
rouillée entoure la tombe. Qui songerait, aujourd'hui, à l'entretenir !

M. Formentini, héritier, — héritier peut-être
déçu, — ne se mit pas en frais d'une épitaphe.
Au demeurant, les oraisons funèbres de la danseuse furent brèves. Peut-être, ses dernières ascensions, accomplies à un âge où l'on a généralement droit au repos, avaient-elles lassé la
curiosité. Jules Janin, l'ami des Funambules,
l'historiographe de Debureau, la laissa partir
sans un mot d'adieu dans ses feuilletons. Sous
le pseudonyme de Robert Burat, M. Jules Claretie, dans le *Figaro* hebdomadaire, philosopha
sur la fin obscure de la danseuse, pour qui le
sort n'avait pas été clément, peut-être, en lui
permettant une si longue vieillesse : « On a

La Danse de corde.

porté des robes à la Saqui ; on s'est étouffé, écrasé, battu, pour la voir de près, pour détacher les rubans roses de ses souliers pailletés. Elle a eu un théâtre ; elle a eu ses admirateurs, ses adorateurs, ses rivaux ; elle a bravé Napoléon lui-même. Et tout cela pour mourir pauvre, presque oubliée !... »

Avec elle disparaissait vraiment la danse de corde, la danse de corde classique, art aimable, et brave, et charmant, et qui permettait, selon le tempérament de l'artiste, tout l'imprévu, en fougue ou en grâce. Trussi et Félix Chiarini furent les derniers danseurs, selon la tradition. L'Anglaise Mme Adams lutta encore un peu pour la pure gloire de cet art. Puis Lina Pauzer substitua le fil de fer à la corde. Elle fut, comme le fut aussi, plus tard, Clara Aussude, la femme de l'écuyer Loyal, une souple et habile et hardie acrobate. Mais ce n'était plus la même chose, ce n'était plus la « grande école ».

Cette école, une famille singulière, les Bertrand, la maintint près d'une vingtaine d'années encore, mais dans des conditions un peu bohèmes. Ces Bertrand étaient de fort habiles gens, père, fils et filles, mais ils avaient une telle passion de leur indépendance qu'ils n'avaient

17.

jamais voulu accepter un engagement. Ils travaillaient quand bon leur semblait, et seulement, en effet, quand ils sentaient « l'inspiration ». Avec un tel caractère, il ne restait à leur disposition que la place publique. Je me souviens, en mon adolescence, les avoir vus, ces virtuoses de la corde, à côté desquels passaient les indifférents, les confondant avec de quelconques satilbanques, au carrefour d'Austerlitz ou place de l'Observatoire. Quand ils étaient vraiment en train, insoucieux de la recette, ne se préoccupant que de leur propre satisfaction, ils étaient admirables. Puis ils disparaissaient, parfois pendant huit jours, et l'emplacement où se dressaient leurs chevalets restait vide... Leur caprice décidait seul de la représentation... Souvenirs lointains! Ces jours-là, le vieux marchand de pain d'épices, qui faisait tirer ses friandises en loterie près de la statue, non déplacée alors, du maréchal Ney, n'avait aucune concurrence, et, agitant la pointe de l'énorme casque à mèche dont il était coiffé, il entonnait plus gaillardement sa bizarre chanson, dont ce couplet falot m'est resté dans la mémoire :

> En quatre-vingt dix-neuf
> Le grand saint Augustin

Avala le Pont-Neuf
Le quai des Augustins,
Saint-Denis et Versailles
Et toutes leurs murailles
Encore avait-il faim !

Mais les Bertrand furent des irréguliers, des sortes de francs-tireurs. Et la fantaisie de leur humeur venait peut-être de leur dédain de l'ignorance du public, parmi lequel, s'il y avait des curieux, il n'y avait plus que de bien rares connaisseurs...

Il est triste de survivre à son art. Pour Mme Saqui, née sous Louis XVI, morte sous Napoléon III, débutante chez Nicolet, caressée à Caen par Charlotte Corday, et fuyant, pour se retirer à Neuilly, le Paris transformé par le baron Haussmann, à la veille de l'Exposition universelle où les canons Krupp émerveillaient les Parisiens, ne se doutant guère qu'ils tonneraient contre eux trois ans plus tard, — quel abîme de choses disparues, durant sa longue existence ! Et, quand tout se modifiait autour d'elle, parfois sous la rude poussée des révolutions, comment le goût des plaisirs publics n'eût-il pas changé, lui aussi ?

QUELQUES NOTES

Pour rattacher le souvenir de Mme Saqui à celui de ses devanciers, dans l'art de la Danse de corde, dont les vicissitudes viennent d'être retracées; pour compléter la physionomie de quelques-uns des milieux qu'évoque sa longue existence d'héroïque amuseuse du public, ou pour préciser certaines particularités sur les pittoresques personnages qu'elle rencontra au théâtre ou dans la vie, il a paru utile de réunir ici quelques notes. Ce seraient les « références » ou les « pièces justificatives », si ce n'était pas employer un bien grand mot pour une frivole histoire. Quelques originales figures y repasseront qui appartiennent à la chronique du Paris d'autrefois, et peut-être est-il permis d'éprouver un souriant attendrissement, en faisant revivre ces célébrités populaires, donc l'ingrate postérité ne sait plus guère que le nom.

I

L'ÉCOLE DES ACROBATES

Il existe un traité, datant de 1579, sur l'enseignement de la Danse de corde. Il a pour titre : « *Trois Dialogues de l'Exercice de sauter et de voltiger en l'air*, par le sieur Archange Tuccaro, de l'Abbruze, au royaume de Naples. — A Paris, chez Claude de Monstr'œuil, tenant sa boutique en la cour du Palais, au nom de Jésus. »

Ce traité est précédé d'un sonnet enthousiaste, adréssé à son auteur par le sieur Beauvois de Chauvencourt, angevin. Le voici, encore qu'il soit médiocre, avec ses *concetti* sur le prénom de Tuccaro, mais il montre le cas qu'on faisait, au xvie siècle, d'un art dédaigné aujourd'hui.

Se lancer dedans l'air, dans son vuide azuré,
Voltigeant, y tracer d'un corps prompt et agile
Mille tours et retours, puis se trouver habile,
A terre, d'un plein saut, sur ses pieds asseuré

Faict croire à l'ignorant que ce vol aëré
N'est seulement conduit que de la main subtile
D'un démon imposteur, pauvre sot et débile
Qui voudroit que tout fust par son œil mesuré.

Archange docte, expert par son discours, démontre
Qu'en cet art ne se faict de charme aucun rencontre
Et que la seule cause est sa dextérité.

Il mérite entre tous une double louange
Et qu'on sacre son nom, à la postérité,
Car bien dire et sauter sont les faicts d'un Archange.

Ce traité, que prisaient fort les acrobates d'antan, prend l'apprenti sauteur au début même
des exercices, et recommande de n'aller que très
progressivement. « La première et plus grande
diligence et le plus considérable advis dont
doyve user nostre maître sauteur en l'instruction de son disciple est de trouver le moyen de
l'accoustumer peu à peu dextrement à perdre la
crainte naturelle que l'on peut avoir en toutes
les choses difficiles à entreprendre, estant le plus
souvent occasion de faire abandonner une entreprise de grande conséquence, comme serait
celle de faire faire la volte au petit enfant...»

II

LES DANSEURS DE CORDE

Sur l'ancienneté de la Danse de corde, il faut
consulter Bonnet (*Histoire générale de la Danse,*

ses progrès et ses révolutions, par A. Bonnet, ancien payeur des gages au Parlement ; chez d'Hourt fils, rue de la Harpe, devant la rue Saint-Séverin, au Saint-Esprit. MDCCXXIV). Il remonte presque au déluge, en tout cas avant les Grecs, et suit longuement les danseurs de corde dans les jeux du cirque, à Athènes et à Rome. Peut-être même montre-t-il, parfois, quelque crédulité, comme lorsqu'il raconte, sur le témoignage de Capitulus, que, au temps de Néron, un acrobate ne se contentait pas d'exceller à danser sur la corde, mais y faisait danser un éléphant.

Bonnet est plus digne de créance lorsqu'il narre les spectacles auxquels il a lui-même assisté :

« Je n'ai point vu, dit cet amateur fervent, je n'ai point vu dans mes voyages de danseurs de corde plus hardis et plus expérimentés que les Anglais, les Turcs et les Chinois. J'ai vu, entre autres, un Chinois, en Hollande, sur des échasses aussi hautes que des maisons, qui allait annoncer par la ville les jeux que la troupe devait représenter. Il dansait aussi sur la corde, d'une élévation admirable, et faisait des tours de souplesse surprenants. Ceux qui ont lu des

relations de voyages en Chine savent que ceux de
cette nation disloquent les membres de leurs
enfants pour leur rendre le corps aussi souple et
aussi dispos que celui d'un singe, surtout ceux
qui font profession de gagner leur vie avec représentation des jeux publics.

« J'ai vu, à Naples, un Turc danser sans contré-
poids sur une corde qui traversait une rue fort
large et attachée aux fenêtres d'un cinquième ;
il ne paraissoit qu'enfant à ceux qui le regardoient de la rue ; aussi y avoit-il pour le ras-
seurer des matelas sur le pavé, de la longueur
de la corde. Néanmoins, il leur arrive souvent
que la tête leur tourne et qu'il leur en coûte la
vie, comme il est arrivé à un Turc que j'ai vu à
la Foire Saint-Germain, il y a plus de trente
ans ; il montoit tout droit le long d'une corde
qui était attachée de haut en bas au bout d'un
grand mât et dont le sommet alloit jusqu'au plafond du jeu de Paume ; et, quand il étoit monté,
il attachoit son contre-poids au sommet du mât,
sur lequel il y avait un rond de bois large
comme une assiette, et il dansoit en tournant
de tous côtés ; ensuite, il y dansoit sur la tête et
les pieds en haut, et il faisoit quantité de mou-

18

vements conformes à la cadence des violons, et puis il descendoit tout debout sur la corde, quoique tendue du haut en bas. Je puis dire aussy que les spectateurs ne le regardoient qu'en tremblant pour sa vie, comme il lui arriva quelque temps après de la perdre dans une représentation qu'il fit à la foire de Troyes, en Champagne, dont on a soupçonné un Anglais, fameux danseur de la troupe, qui, jaloux de la réputation du Turc, graissa un endroit de la corde pendant qu'il étoit en haut ; il ne put s'en apercevoir, parce qu'il descendoit à reculons, et ayant les pieds nus, ce qui fut cause de sa chute. Il est assez coutumier de voir de pareils attentats contre ceux qui excellent dans les arts. L'histoire nous en fournit quantité d'exemples.

« La danseuse que l'on appeloit la Belle Tourneuse a fait trop de bruit sur le théâtre des danseurs de corde pour n'en pas faire mention. Je crois même que, à moins de l'avoir vue, on aura eine à croire ce que j'en vais rapporter. Elle paraissoit d'abord sur ce théâtre d'un air imposant, et y dansoit seule une sarabande avec tant de grâce qu'elle charmoit les spectateurs ; ensuite, elle demandoit des épées de longueur aux cavaliers qui vouloient bien les lui présenter

pour faire la seconde représentation ; ce qu'il y a
de surprenant, c'est qu'elle s'en piquoit trois
dans chaque coin de l'œil, qui se tenoient aussi
droites que si elles avaient été piquées dans un
poteau. Elle prenoit son mouvement de la cadence
des violons, qui jouaient un air qui semblait
exciter les sauts, et tournoit d'une vitesse si sur-
prenante pendant un quart d'heure que tous
ceux qui la regardoient attentivement en de-
meuroient tout étourdis, ainsi qu'il m'est arrivé ;
ensuite, elle s'arrêtoit tout court et rètiroit les
épées nues l'une après l'autre du coin de ses
yeux, avec autant de tranquillité que si elle les
eût tirées d'un fourreau. Néanmoins, quand elle
me rendit la mienne, dont la garde était fort
pesante, je remarquai que la pointe était un peu
ensanglantée. Cela n'empêcha pas qu'elle ne
dansât pas encore d'autres danses, tenant deux
épées nues dans les mains, dont elle mettoit les
pointes, tantôt dans sa gorge, et tantôt dans les
narines et dans le gosier...

« ... Nous avons vu sur le même théâtre, en
1714, un pantomime toscan danser plusieurs
entrées de danses caractérisées : son visage re-
présentoit au naturel tous les sujets de ses
danses, entre autres celles d'un insensé, faisant

agir toutes les parties de son corps en cadence et qui paraissaient aussi disloquées que celles d'un squelette dont les os sont attachés avec du fil d'archal. Son entrée de paysan avec des sabots était d'une légèreté et d'une naïveté sans pareilles. Mais ce qui acheva de lui donner une approbation générale, ce fut son entrée d'un Suisse pris de vin, avec son hallebarde qui servoit à le soutenir dans tous les mouvements, les gestes et les faux pas d'un ivrogne, accompagnés de tous les agréments les plus surprenants et les plus ingénieux que l'art de danse puisse imaginer dans ce genre-là.

« J'étois à ce spectacle auprès d'un des plus fameux danseurs de l'Opéra qui m'assura que toutes les entrées de ce pantomime étaient inimitables... »

————

C'est Bonnet qui assure que les danseurs et les danseuses de corde, pour se garantir contre les étourdissements et le vertige, mangeaient d'une herbe appelée *dormit* « que broutent les bouquins et les chamois, auparavant de monter sur les sommets ».

————

La *Belle Tourneuse* inspira un « vaudeville » à Bayard et Rochefort (Vaudeville, 7 mars 1841). Le rôle de la Belle Tourneuse était tenu par Mme Doche. C'était elle qui chantait, sur l'air du *Marquis de Feltre*, le couplet au public :

> Messieurs, soyez notre soutien
> Pour que la pièce tourne ;
> Tourne, tourne, tourne
> Pour que la pièce tourne bien !...

III

NICOLET

Voici le témoignage d'un contemporain sur les exercices dont M. Nicolet régalait ses spectateurs : « On peut admirer, chez les grands Danseurs du roy, ces hommes prodigieux ; leur adresse et leur vigueur, presque surnaturelle, excitent dans le public la plus vive curiosité. On éprouve, en les admirant, tout le frémissement de la crainte ; on en sort tout ému de sensations qu'ils ont causées, le sang glacé par la terreur, et, le lendemain, on y retourne en foule. Voilà l'effet. »

(*Le Désœuvré mis en œuvre.*)

18.

Le spectacle était copieux chez Nicolet, soit à la foire, soit sur son théâtre. Voici un de ses programmes de 1778 :

« Les grands Danseurs du Roy donneront aujourd'hui la première représentation de *Mieux vaut tard que jamais*, prologue nouveau, suivi des sauteurs; l'*Equilibre de la plume*; la *Tragédie du nouveau Paillasse; Jeannette ou les Battus ne payent pas toujours l'amende*; la danse de corde du sieur Placide et du petit Diable; la *Rose et le Bouton*, le *Temple de l'Hymen*, pantomimes ornées de décorations, dialogues et danses. »

IV

TACONNET

Taconnet, qui composa et joua tant de pièces, en inspira deux, *Préville et Taconnet*, de Merle et Brazier (Variétés, 1817), et *Taconnet, ou l'Acteur des boulevards*, d'Antony Béraud et Banville, aux Variétés encore, mais en novembre 1852. Ce sont, l'une et l'autre, des évocations, à grands traits, de la légende du comédien de Nicolet.

On voit Taconnet menuisier, puis machiniste à la Comédie-Française, où il donne des
conseils à Préville, mais où il s'éprend de la
séduisante Mlle Luzy ; puis le voici chez Nicolet,
où il fait scandale parce qu'il reconnaît, parmi
les spectateurs, le protecteur de l'actrice.
Celle-ci, au demeurant, est la meilleure personne du monde, et elle réconcilie Taconnet,
égaré par sa passion pour elle, avec sa femme
Nicole, qu'il avait fort négligée.

Et tout cela au milieu de petits couplets ano-
dins :

> Pour qui le connaît
> C'est chez Taconnet
> Que le plaisir naît
> Vive Taconnet.
> Oui le plaisir n'est
> Que chez Taconnet.

Les spectateurs de 1852, qui firent un succès
de quelque durée à ce vaudeville, paraissent
avoir été aussi faciles que ces couplets. Ce qu'on
peut retenir de ces deux pièces, à deux époques
différentes, c'est que le souvenir de Taconnet,
l'auteur du *Savetier dans son ménage*, était resté
populaire.

V

TIVOLI

Voici l'article (et qu'il est bien du temps!) du *Censeur des Journaux* du 20 mai 1797 sur Tivoli. Il se mêle de quelques réserves et contraste avec l'enthousiasme de toutes les autres feuilles.

« J'allai hier à Tivoli, non pas le Tivoli où Horace allait accorder sa lyre et son imagination, où Properce composait ses jolis vers et rêvait à côté de la belle Cynthie, non pas le Tivoli où, au milieu des plus riantes verdures, un fleuve impétueux s'élance et se divise en cinq fleuves qui par cinq routes différentes ou jaillissent, ou coulent, ou se précipitent...

« ... Encore une fois, ce n'est pas le Tivoli aux charmantes cascatelles, qu'on doit voir encore aujourd'hui, si les Français n'y ont mis ordre. Non, c'est le Tivoli de la rue Saint-Lazare, connu ci-devant sous le nom de la Folie-Boutin. Quelle différence! Là, on foule les gazons les plus verts, les fleurs les plus odo-

rantes; ici, on foule un pavé tout sec ou quelques ordures fort dégoûtantes. Là, on entend
dans les bois voisins les concerts de mille
oiseaux, on voit sur le sommet des montagnes
des troupeaux qui paissent et bondissent; ici, on
voit des cheminées bleuâtres et des clochers dé-
couronnés, on entend les cris de la misère et
les jurements des fiacres.

« ... J'ai vu des allées garnies de deux rangs
de chaises, éclairées par des lampions jaunâtres,
occupées par des femmes en spencer qui s'admi-
raient en baillant, et par des jeunes gens couverts de sacs, qui s'ennuyaient en étouffant de
rire.

« J'ai vu un temple de huit pieds de large et de
douze pieds de haut, illuminé en feux de couleur; j'ai vu un feu d'artifice bien servi, mais
trop promptement terminé; j'ai vu une danse
composée de quatre personnes, sous une tente
qui en pourrait contenir cent.

« J'ai vu Fréron.

« J'ai entendu le bruit d'une douzaine d'instruments qui changeaient de place sans changer
leur monotone symphonie. J'ai entendu discuter
les droits de la guerre et de la paix au milieu
d'une foule de hannetons qui venaient se heurter

contre les graves dissertateurs. J'ai entendu louer les délices de Bagatelle. J'ai entendu regretter un affreux régime, où, pour tout spectacle, nous étions réduits aux exécutions de la place de la Révolution...

— Que diable! vous n'avez rien vu et entendu de bien agréable. Vous n'avez pas dû vous amuser.

— Je vous demande pardon, je me suis amusé; j'ai même vu des choses fort agréables et j'en ai entendu qui ne l'étaient pas moins. C'est ce nom de Tivoli qui a failli tout gâter. Ce nom m'a rappelé tant de souvenirs qu'il m'a forcé de faire des comparaisons qui n'étaient pas à l'avantage du Tivoli français. J'ai donc commencé ma promenade avec beaucoup de préventions. Qui peut se flatter d'en être exempt? Mais tous ceux dont elles règlent le jugement ne sont pas disposés à l'avouer aussi franchement.

« Peu à peu, le nuage s'est dissipé, j'ai oublié l'Italie, Properce et les cascatelles, et j'ai vu ce que je devais voir, c'est-à-dire un superbe jardin anglais, où

Sans contrainte et sans art, de ses douces prémices
La nature épuisa les plus pures délices,

Des plaines, des coteaux le mélange charmant
Les ondes à leur choix errantes mollement,
Des sentiers sinueux les voûtes indécises
Le désordre enchanteur, les piquantes surprises
Des aspects où les yeux hésitaient à choisir,
Variaient, suspendaient, prolongeaient leur plaisir.
Sur l'émail velouté d'une fraîche verdure
Mille arbres, de ces lieux ondoyante parure
Charme de l'odorat, du goût et des regards
Elégamment groupés, négligemment épars
Se fuyaient, s'approchaient quelquefois à ma vue
Ouvraient dans le lointain une scène imprévue...

« A cette description, dont il est permis de ra-
battre quelque chose sans faire tort à la beauté
réelle du lieu, vous pouvez ajouter celle d'une
troupe folâtre de grâces et d'amours, courant,
voltigeant, jouant à tous les jeux connus à
Cythère, de cette double rangée de jolies
femmes regardées, regardant, voilées sans rien
dérober aux regards, censurant avec amertume
la parure de la modeste bourgeoisie qui passait
devant elles sans turban et sans spencer.

« De ces légers papillons, dont la ridicule parure
ne peut non plus déguiser l'élégance que désar-
mer la critique, animant ce tableau par leur
gaîté bruyante, parlent avec une égale inatten-
tion de leurs chevaux et de leurs maîtresses,

de Bonaparte et de Bagatelle, du ballet de Psy-
ché et des horreurs de la guerre. Age heureux !

« L'un d'eux disait à son camarade : « — Il n'y
a personne ici. — Tu es fou, lui répondit l'autre,
j'ai compté plus de 300 jolies femmes. — Ah !
répliqua le premier, c'est que je n'ai pas encore
rencontré celle que je cherche !... »

Grimod de la Reynière, dans un de ses articles, avait dit que les bosquets du Tivoli
abritaient « des scènes anacréontiques ». Le directeur de Tivoli s'émut et écrivit au « censeur »
une lettre de protestation, à laquelle Grimod
répondit par ces lignes assez amusantes :

« Quelques-uns se sont élevés contre ce qu'ils
ont appelé l'indécence de mes observations sur
les bosquets de Tivoli. Ils ont prétendu que
c'était faire passer Tivoli pour un mauvais lieu
que de révéler ainsi les écarts dont les bosquets
sont quelquefois témoins, qu'enfin, le grand
nombre de lampions et de baïonnettes dont ses
bosquets sont garnis y rendaient impossible toute
espèce de fornication. Nous n'ajouterons rien à
ce que nous avons dit. Nous remarquerons seulement que, en fait d'observations, nous ne par-
lons jamais que *de visu*, parce qu'un observateur

ne peut s'en rapporter qu'à ses propres yeux.
Quant à ces actes en eux-mêmes, dont la révélation blesse si fort l'austérité farouche de ces
censeurs impuissants, nous sommes, assurément, bien loin de les approuver ; mais les
hommes censés conviendront que si, depuis
dix ans, le peuple français s'était borné à des
crimes de cette espèce, la grande nation en serait
un peu plus heureuse et que, à tout prendre,
aux yeux du Dieu juste, miséricordieux et bon,
dont l'indulgence voile et pardonne nos erreurs,
l'infraction au sixième commandement est peut-
être le forfait le plus léger dont l'humaine faiblesse puisse se rendre coupable. »

(Censeur dramatique, tome IV.)

Le loyer payé aux propriétaires de Tivoli était
de 12.000 francs pour « la maison et le jardin
avec toutes leurs appartenances et dépendances
sans aucune exception ni réserve ». « A l'égard
du jardin, lesdits preneurs feront fumer et entretenir en bon état de culture les jardins divers
dudit Tivoli, dont tous les fruits et produits leur
appartiendront, et ils renouvelleront les planta-
tions qui viendront à périr dans le cours de leur
date. » (*Archives de la Seine.*)

19

VI

LE JOURNAL INTIME
DE GRIMOD DE LA REYNIÈRE

J'ai pu feuilleter, grâce à l'obligeance de M. Georges Vicaire, qui le possède, ce curieux manuscrit, datant de l'année 1794. En pleine terreur, Grimod de la Reynière, après avoir donné pour la forme quelques gages de civisme, passait encore ses journées et ses soirées assez agréablement. Au milieu des tragédies qui se déroulaient, il s'était accommodé une existence fort supportable. C'est là le piquant de ce document.

Le journal qu'il tient consciéncieusement est uniquement pour lui-même. Il y donne jusqu'à l'emploi de ses nuits, en homme d'ordre, qui n'oublie rien. Après qu'il a indiqué l'heure de son coucher, en compagnie de « madame », il ajoute parfois la mention d'un éloquent « etc. », que sa plume paraît avoir tracé complaisamment. Une fois, il y a même deux « etc ».

J'imagine qu'il le tenait sous clef, ce cahier, au reste, car « madame » eût pu s'alarmer, s'il lui fût tombé sous les yeux. Les chambrières les maisons amies où il fréquente ne lui sont point indifférentes, et, à diverses reprises, on peut lire de petites notes dans le genre de celle-ci : « Visite au Marais, chez Mᵐᵉ Renard ; *la bonne, jolie.* »

A quoi passe-t-il ses journées, cependant que gronde l'orage révolutionnaire Il court les magasins, et on remarque qu'il a bien souvent affaire au *Singe vert.* Y avait-il là aussi quelque gentille demoiselle de magasin? Il fait sa promenade quotidienne aux Champs-Elysées, avec sa femme, et il ne manque guère de la régaler de glaces. Il suit volontiers le Palais, en badaud, s'intéressant même à de toutes petites causes, comme celle de souliers escroqués, ou hasardant des réflexions sur une affaire de viol d'une petite fille par un petit garçon, et, à ce sujet, relate les confidences de son ami, M. Azé, sur ses premières armes amoureuses. Ou bien il court les librairies et se réjouit de la trouvaille de quelque bel exemplaire. En maugréant un peu, il se rend à sa section, il fait acte de présence au Club révolutionnaire ; le Comité des Amis de la Patrie lui délivre une attestation, et, tranquille désormais, il va flâner aux Halles, où il achète « une superbe oie » pour six livres dix sous. En route, il remarque une papetière du pont au Change, « éveillée et jolie ». Cette papetière est-elle la cause de la note qui exprime le carnet d'une journée commencée par l'acquisition d'un « cervelas aux truffes », acquisition qui l'avait pourtant bien disposé : on lit, tout à coup, ces mots : « Étrange scène avec madame », suivis de ceux-ci, qui attestent qu'il y a brouille sérieuse dans le ménage : « Coucher en haut. »

Quelques pages plus loin, il confiera à son journal la preuve de la réconciliation : « Lecture en haut, madame vient m'y voir, *etc.* » L'*etc.* nous porte à croire que la paix règne de nouveau dans la maison.

Le gourmet qui est en Grimod de la Reynière souffre des dîners « en fraternité », dans la rue, auxquels il est obligé d'assister, trouvant seulement « le spectacle curieux ». Mais la politique n'a pas l'air de l'absorber si fort qu'il oublie les choses sérieuses pour lui. Le jour où il mentionne l'exécution de Robespierre, il ajoute, mélancoliquement : « Point de marée. » Et, à lire son calepin, on se demande lequel des deux événements l'a le plus intéressé.

Au reste, les grandes émotions semblent plutôt le disposer à la galanterie. Il y a des « *etc.* »

chaque fois qu'il consigne quelque fait grave,
comme l'explosion du magasin à poudres par
exemple. Il a, il est vrai, besoin, ce jour-là,
de consolations ; il raconte douloureusement
« qu'il a soupé par cœur ». Qui dort dîne, dit le
proverbe : il y a aussi d'autres façons de dîner,
pour le bon Grimod.

Il prend sa revanche de ce jeûne, quelques
jours plus tard, avec « une aimable petite
truie coupée » et avec une excellente côte de
veau du *Puits certain*. Ses amis Dazincourt et
Fleury, du Théâtre-Français, l'aident à la manger. Il les voit souvent, et peut-être songe t-il
avec eux aux vrais dîners que l'on fera en des
heures moins troublées.

En attendant, il va au théâtre : il goûte peu
les pièces révolutionnaires. *L'apothéose de Bara*
et le *Canonnier convalescent* lui semblent friser
le ridicule. Le *Dissipateur*, joué par Fleury et
Mlle Gontat, lui est heureusement un dédomma-
gement, et Molé, dans le *Mariage secret*, lui paraît
excellent. Mais ses appréciations artistiques se
ressentent des déceptions de son estomac. Ses
réflexions sur l'état du théâtre sont d'ailleurs
brusquement coupées par le souvenir de quelque particularité culinaire, comme l'indication

19.

que l'huile d'olive surfine est à Paris hors de prix pour le moment.

Ainsi s'écoule sa vie, pendant que la Révolution se déchaîne, fort tranquille, en somme assez désœuvrée, presque toujours bien nourri en dépit de tout ce qui se passe.

En les parcourant, ces feuillets, aujourd'hui jaunis, évoquant les tout petits côtés d'une tragique époque, il me semble le voir, cet épicurien, avec son très long nez recourbé, ses larges oreilles que ne cachent plus qu'à demi la perruque, sa bouche sensuelle et souriante, écrivant dans sa robe de chambre à ramages, en digérant paisiblement, ces notes où il repasse sa journée.

Philosophe, en vérité, point banal que celui qui, tandis que les divers partis de la Convention s'envoient tour à tour à l'échafaud, n'a pour principale inquiétude que de savoir si, le lendemain, la marée arrivera aux Halles...

VII

DAGEN, L'HOMME-VOLANT

Le problème de la direction des ballons hantait déjà bien des esprits, au commencement du

xixe siècle. Dagen avait cru le résoudre en s'installant, d'une façon assez périlleuse, au-dessous
de l'aérostat, et en pensant le guider avec les
ailes qu'il s'était fait attacher. — Voici, d'ailleurs, le bref compte rendu du *Moniteur* du
14 avril 1810 : « Il était suspendu au-dessous d'un
ballon, dont les cordes aboutissaient à un anneau
placé au-dessus d'une espèce de chapeau en fer,
lequel correspond à un corset que l'on présume
être également en fer. C'est par cette ceinture
que le mécanicien est enlevé et supporté. Ses
ailes étaient placées horizontalement ; les côtés
en sont séparés et simplement liés les uns aux
autres par des tissus de fil très fin. Leur partie
inférieure s'adapte à une espèce de bascule que
le mécanicien tient dans chaque main ; et dont il
se sert pour leur donner le mouvement.

« Au moment de son départ, le poids de son
corps et de sa machine semblaient s'équilibrer
avec la force ascendante de son ballon, car, s'étant
abandonné à lui-même, il ne s'est d'abord élevé
qu'au premier mouvement qu'il a donné à ses
ailes ; mais lorsqu'il a été à une hauteur de 150
pieds, son ballon s'est élevé avec une très grande
rapidité et, se dirigeant vers le sud-ouest, on
reconnaissait que Dagen donnait toujours le

mouvement à ses ailes: bientôt, on l'a perdu de vue. »

Dagen eut la chance de ne pas se tuer, et descendit quelques heures plus tard, — mais sans qu'il eût dirigé sa machine, et au hasard, — dans les environs de Paris.

VIII

MADAME GARNERIN

« Le troisième voyage aérien de Mᵐᵉ Garnerin a commencé à Paris le 16 de ce mois, à 11 h. 15 minutes du soir, au jardin de Tivoli, et s'est terminé le 17 à 6 h. 30 sur la commune de Broussey-en-Wœvre, département de la Meuse. Les paysans de ce canton ont été si effrayés par la descente du ballon que, à l'exception d'un seul, ils ont refusé de secourir l'aéronaute. Mᵐᵉ Garnerin a pu porter en ces contrées la nouvelle des expressions de joie qu'elle a vues éclater dans beaucoup de communes où se célébrait la fête du grand Napoléon.

« M. Beyer avait salué le départ du ballon par

des explosions d'air tonnant, et par une combustion éblouissante de phosphore dans le gaz oxygène. A cent toises, l'aéronaute entendait distinctement que, à l'aide d'un porte-voix, M. Beyer lui souhaitait bon voyage. »

(*Moniteur*, du 23 août 1808.)

M. et Mme Garnerin demeuraient 8, rue Plumet. Cette adresse est donnée à l'occasion d'un accident. Un de leurs ballons, déjà gonflé, s'est échappé. Ils demandent qu'on leur en donne des nouvelles : ils y tenaient particulièrement, disent-ils, ce ballon ayant servi pour la première fois aux fêtes du couronnement de Milan.

IX

MALAGA

« Malaga était arrivée à une telle célébrité, que tous les vaudevillistes s'empressaient de consacrer sa gloire par leurs flonflons poétiques. On venait de donner à l'Odéon, avec un grand succès, *Les Trois Philibert*, de Picard. La Porte Saint-Martin joua une parodie intitulée *Les Trois*

Philibertes. Mlle Jenny Vertpré, fort jeune alors, jouait le principal rôle dans ce vaudeville, et représentait une jeune femme, nouvellement mariée, à laquelle son mari détaille, d'avance, tous les plaisirs de la capitale.

« Voici le couplet, qui se chantait sur l'air du vaudeville des *Deux Edmond*, air que Béranger illustra par sa chanson *Vieux habits, vieux galons :*

LE MARI

Aux Français, nous verrons *Zaïre.*
A Feydeau, nous verrons *Zémire.*
Iphigénie à l'Opéra,

LA FEMME

Ça m'ennuiera (*bis*).
J'aim' mieux Fanchon, la Vielleuse,
Abraham et la *Pie voleuse,*
Et puis, la jeune Malaga.
Au moins, ça m'amusera (*bis*). »

(Théodore de Banville. *Les petits théâtres de Paris, Musée des Familles.*)

X

BOBÈCHE

Il y a, dans les *Mémoires de Mlle Flore*, le récit d'une conversation entre Talma et Bobèche, lorsque celui-ci était, à Rouen, directeur du petit théâtre « des Eperlans ».

Flore connaissait Bobèche. Elle le rencontra devant son théâtre. Bobèche manifesta une grande joie de la voir et l'invita à dîner pour le lendemain.

— Demain, dit Flore, je suis priée par M. Talma, qui arrive de Paris.

— Quoi ! Vous êtes liée avec ce grand acteur !... Ah ! mademoiselle Flore, si j'osais vous exprimer un vœu, bien téméraire, peut-être, mais qui me comblerait d'honneur et de bonheur !... Si vous vouliez demander à M. Talma, pour moi, la faveur de me présenter à lui, de lui parler une seule fois, un seul moment... Ce serait le plus beau jour de ma vie.

Mlle Flore promit de s'entremettre. Talma accueillit en souriant la demande.

— Parbleu, dit-il, je serai enchanté de voir

de près M. Bobèche et de causer avec lui. C'est, dans son genre, une célébrité. On m'a dit qu'il n'était pas sans esprit. Flore, engagez-le de ma part et amenez-le dîner avec nous sans cérémonie. Dites-lui qu'entre artistes il ne faut pas en faire. Nous serons en petit comité.

« En effet, lorsque Bobèche vint le lendemain chez moi et que je lui appris que Talma m'avait chargée de l'inviter à dîner, je crus qu'il allait tomber à la renverse de surprise et de joie.

« Il revint une heure après, en grande tenue : l'habit noir, les bas de soie, les boucles d'or aux jarretières et aux souliers.

« Il avait, sous ce costume, une tournure singulière : il était mieux en Bobèche, avec sa culotte jaune, sa veste rouge, sa perruque rousse à la jocrisse et son chapeau gris à la janot.

« Quoi qu'il en soit, je le présentai, dans ses superbes atours, à Talma, qui était en pantalon gris et en redingote, avec une casquette sur la tête.

— Bonjour, monsieur Bobèche, lui dit Talma, du ton le plus affectueux : enchanté de faire votre connaissance. Non seulement je vous connaissais de réputation, mais je me suis souvent amusé à vous voir jouer. J'aime le talent par-

tout où il se trouve... Je me suis rencontré devant vos tréteaux avec M. Français, de Nantes,
qui était un grand amateur de parades. Il m'est
arrivé de le rencontrer aussi quelquefois aux
Champs-Elysées devant Polichinelle... que la
comparaison ne vous fâche pas ! Il y a des poli-
chinelles partout, dans le monde comme au
théâtre, et vous êtes un polichinelle comique,
comme je suis un polichinelle tragique.

— Me fâcher ! monsieur Talma, quand un
grand artiste comme vous veut bien assimiler à
lui un pauvre baladin comme moi.

— Vous êtes trop modeste, monsieur Bobèche... pardon de vous donner ce nom, je ne
sais pas l'autre ; mais c'est celui de vos succès.

— Monsieur Talma, mon propre nom est
Mandart. Je porte le même nom que la rue où
est le « Rocher de Cancale »... mais je ne suis
pas de la même famille. J'étais peintre en mi-
niature et vous avez pu voir sur le boulevard
un cadre de portraits, surmonté du mien. Je fai-
sais les portraits en deux séances, et je prenais
six francs. Ce n'est pas cher, mais c'était à peu
près tout ce qu'ils valaient. Du goût de la pein-
ture, j'ai passé à celui de la parade. Tous les
peintres sont farceurs, mais tous les farceurs

20

ne sont pas peintres : j'ai cumulé : cela m'a donné des pratiques ».

« ... Après quelques lieux communs de conversation, Talma dit à Bobèche.

— Est-ce que vous composiez vous-mêmes vos parades ?

— J'en ai fait quelques-unes, quand mes auteurs ne m'en fournissaient pas.

— On a donc aussi des auteurs pour ce genre-là?

— Comme pour tous les autres. Ils venaient me lire leurs pièces, et je ne les recevais pas toujours.

— Pauvres auteurs !... Et leurs ouvrages étaient-ils payés sur la recette?

— On les représentait devant un public qui ne payait pas.

— Ah ! c'est vrai ! le public ne pouvait pas se plaindre qu'il n'en avait pas pour son argent.

— Du reste, monsieur Talma, la parade est un genre qui a dégénéré comme l'art dramatique. On n'en fait plus comme celles que j'ai vues dans ma jeunesse... Oh ! les belles parades, celles-là, qu'on jouait devant les théâtres de Nicolet et de Sallé !... Avez-vous vu la grande parade des Savetiers, qui ne se jouait que le jeudi, et qui attirait la foule?

« — Certainement, dit Talma, le beau monde ne dédaignait pas ce spectacle, et les voitures s'arrêtaient sur la chaussée. Je m'en souviens parfaitement... Cette parade finissait par un jeu fort plaisant, dans lequel les spectateurs devenaient acteurs, sans s'en douter : les savetiers se battaient et se lançaient des seaux d'eau qui arrosaient tous ceux qui se trouvaient près de la balustrade... Ceux qui connaissaient ce lazzi avaient soin d'amener et de faire placer, sur le devant, des curieux qui étaient enchantés de ce qu'on leur laissât les premières places sans se douter de l'aspersion qui les attendait, ce qui excitait le rire général.

— Je me souviens encore, continua Talma, du père Rousseau... C'était un bon gros paillasse dont la verve et la physionomie bouffonne rappelaient un peu Dugazon. Je le vois encore avec le serre-tête, la collerette et le costume en toile à matélas. Il avait pour compère un nommé Germon, qui faisait le rôle de Cassandre ou celui du maître.

— J'ai été, dit Bobèche, le successeur de Rousseau, et, n'ayant pas le même talent, j'ai changé de genre,.. »

Bobèche raconta comment, en fin de compte, il avait pris ce petit théâtre à Rouen.

— Monsieur Talma, fit-il, je ferai demain relâche à mon théâtre pour avoir le bonheur de
vous voir jouer.

— Et moi, lui répondit Talma, je vous pro-
mets de vous rendre la pareille : j'irai vous voir
après-demain.

Mais Bobèche eut la malencontreuse idée de
mettre sur son affiche :

M. TALMA

PREMIER TRAGÉDIEN DE L'EUROPE

Assistera à cette représentation

(*Le prix des places sera doublé*).

Lorsque Talma apprit ce procédé un peu cava-
lier, par où Bobèche redevenait trop un indus-
triel, il fit dire qu'il était indisposé, qu'il ne
pourrait pas aller au spectacle, et il lui envoya
dix louis.

En 1837, au Palais-Royal, fut joué un vaudeville en trois actes des frères Cognard, *Bobèche
et Galimafré.*

XI

LOLA MONTÈS

L'histoire de Lola Montès est un des plus curieux romans modernes.

Elle naît en 1818, en Écosse (bien qu'elle ait donné Séville comme sa patrie), et son vrai nom est Marie-Élisa Guilbert. Après un voyage aux Indes, pendant lequel elle se marie avec un officier, elle revient en Europe et commence la série de ses tapageuses aventures. En 1839, elle est engagée comme danseuse au théâtre de Varsovie, puis à celui de Berlin; elle est expulsée de Prusse pour avoir cravaché un gendarme. Elle arrive à Paris, paraît à la porte Saint-Martin, puis à l'Opéra, d'ailleurs sans succès. Elle est alors la maîtresse de Dujarrier, gérant de *la Presse*, qui devait bientôt être tué en duel. Puis elle recommence à courir l'Europe, le plus souvent sifflée, au théâtre, mais célèbre, partout, par les scandales qu'elle provoque. Elle s'est liée avec un aventurier, Papon, qu'elle appelle « son cuisinier » et qui est, en effet, son homme de confiance en des affaires

20.

d'ordre délicat. C'est avec lui, après avoir un peu lassé la curiosité publique, qu'elle arrive en 1846 à la cour de Munich. Le roi de Bavière, Louis Ier, s'éprend d'elle, et, bientôt, ne se peut plus passer de sa compagnie. Il fait d'elle, non seulement son amie, mais sa conseillère. Elle est créée comtesse de Lansfeld, et elle joue, dans la politique du royaume, un rôle prépondérant.

Mais voici qui n'est pas le moins singulier de l'histoire. Devenue presque un ministre, imposant, en tout cas, ses volontés aux ministres, elle se montre supérieurement intelligente.

La vérité est, là, tout le contraire de la légende qui la montre entraînant le roi dans une vie désordonnée, et il n'est rien de plus piquant que ce contraste. La favorite est prise très au sérieux, et c'est très sérieusement, en effet, qu'elle s'occupe des affaires de l'État. Le prince de Wallenstein, ministre des affaires étrangères, et M. Berx, ministre de l'Intérieur, sont extrêmement occupés par la besogne qu'elle leur impose. Elle lutte pour les idées libérales et elle ne laisse pas d'être, quelque temps, populaire. La famille royale la tient en considération. La reine elle-même lui écrit quelques billets sur un ton d'estime.

Ecoutez un Anglais, écrivant, en janvier 1848, dans le *Fraser's Magazine* : « Ce qui fait surtout honneur à Lola Montès, bien qu'elle jouisse d'un crédit pour ainsi dire illimité, c'est que jamais elle ne s'en sert en faveur d'individus qui n'en seraient pas dignes. Elle a des idées très nettes sur la politique extérieure (elle a des agents et des correspondants dans toutes les cours) et le langage original et saisissant dans lequel elle les exprime, plaît singulièrement au roi qui est d'un esprit très vif. Quant à ce qui concerne la politique intérieure, elle a le bon sens de ne pas s'en fier à son propre jugement et elle ne manque jamais de consulter les hommes que leurs études et leurs occupations rendent les plus propres à lui donner les meilleurs conseils. Il n'est personne dans le monde politique qui ne la traite comme une des principales autorités du royaume. Au demeurant, ses manières sont distinguées, elle accueille et reçoit ses hôtes avec une grâce et une amabilité parfaites; enfin, elle pousse à la perfection l'art de se bien vêtir. »

Lola Montès, il faut bien le reconnaître, ne contribua pas peu aux réformes incontestables qu'accomplit le roi Louis, rompant peu à peu

avec les traditions despotiques ; elle arracha le
roi à l'influence des ordres religieux, elle lui fit
secouer le joug de l'Autriche et abolir la censure.

« Loin de nous la pensée de faire le pané-
gyrique de Lola Montès ; nous connaissons ses
antécédents et nous n'avons nullement l'intention de lui être agréable, mais nous n'aimons ni
l'injustice ni le mensonge, et la vérité est qu'elle
est victime de calomnies absurdes que les
journaux de tous pays répètent à plaisir. Elle
a, dans les Jésuites, ses plus redoutables
ennemis. »

Ils prirent leur revanche, en effet, en fomen-
tant l'émeute qui devait se transformer en révolution et emporter le roi avec la favorite. Il
faut bien dire que ce ne fut nullement l'indignation de voir le roi Louis si attaché à de tels
liens qui détermina le mouvement, mais bien
la colère d'un parti menacé. Lola Montès
tomba, comme un ministre, à la suite d'une
intrigue politique et d'un déchaînement de la
réaction.

Le roi Louis abdiqua. Il espérait que Lola
Montès le rejoindrait dans sa retraite. Il l'y
attendait, en écrivant en son honneur des vers
qui ne manquaient ni d'émotion, ni de grâce :

« Le temps et la distance me séparent de toi, ô mon amour — mais, si éloignée que tu puisses être — je t'appelle toujours mon amour — Étoile éternellement brillante de ma vie. »

Ou ailleurs :

« Le monde hait et persécute — le cœur qui s'est donné à moi — mais quelques efforts qu'il fasse pour nous désunir — mon cœur s'attachera toujours davantage à toi.

« Je t'appartiens à jamais — pour toujours tu es à moi — Quel bonheur que celui qui, comme la vigne — se renouvelle lui-même dans sa source éternelle !

« Grâce à toi, ma vie est ennoblie — ma vie qui, sans toi, était solitaire et vide — Ton amour est l'aliment de mon cœur — s'il ne s'en nourrissait pas, il en mourrait... »

Mais ce caprice de Lola Montès pour les choses sérieuses était passé, et, après avoir joué ce rôle grave, elle reprend, sans embarras, et comme si elle n'eût point été interrompue, sa vie aventureuse. Elle se rend à Londres, ayant retrouvé Papon, pour y jouer une pièce sur sa propre histoire. Puis elle se marie avec le lieutenant Heald, qui, au bout de quelque

temps, fait casser son mariage. Elle part pour
l'Amérique, y exploite sa renommée tapageuse,
contracte, comme danseuse, des engagements
qui sont vite rompus, épouse, en un troisième
mariage, aussi peu solide que les précédents,
un journaliste de San Francisco, revient dans
la détresse en Europe, s'embarque pour l'Aus-
tralie, y refait une fortune qu'elle perd en peu
de temps, reparaît en France, cherche malai-
sément à tirer parti du bruit qu'elle avait fait
dans le monde, et finit par aller mourir en Amérique en 1864.

Quand elle rencontra Mme Saqui, elle essayait
de reprendre son éducation de danseuse, qui avait
été trop improvisée. Elle n'avait pas fait de
grands progrès quand elle parut à l'Opéra, en
avril 1844. « Malgré son nom, écrivait Théo-
phile Gautier, Mlle Lola Montès n'a d'andalous
qu'une paire de magnifiques yeux noirs. Elle a
le pied petit et de jolies jambes. Quant à la
manière de s'en servir, c'est autre chose ! La
curiosité excitée par les divers démêlés de
Mlle Montès avec les polices du Nord, par ses
conversations, à coups de cravache, avec les
gendarmes, n'a pas été satisfaite, il faut
l'avouer... »

celui-ci veut se disculper, il ôte à l'instant son chapeau : qu'on juge de sa stupéfaction en y voyant le malencontreux foulard ; les rôles sont changés, et c'est l'agent de la force publique qui reste confondu. Ses camarades s'apprêtent à l'arrêter. — Pas si vite ! dit le gros monsieur, car il faudrait vous arrêter tous les trois. Vous, dit-il à l'un, vous avez ma montre dans votre poche, et vous, dit-il à l'autre, vous avez caché ma bourse dans vos bottes. Vérification faite, ces deux assertions se trouvent vraies. Les pauvres sergents de ville demeurent atterrés. La foule s'amasse et veut leur faire un mauvais parti, quand soudain l'un d'eux regarde son accusateur et s'écrie : — Vous êtes Bosco, je vous reconnais à vos œuvres. Ce nom circule de bouche en bouche et chacun s'empresse pour contempler l'auteur de cette mystification, mais déjà l'habile magicien avait disparu et s'était escamoté lui-même sans que personne pût dire ce qu'il était devenu. »

Aventures de B. Bosco, Poitiers, imprimerie Dutré-Poitiers.

XIII

LA MORT DE MADAME SAQUI

8 heures.

« ...On m'annonce, au dernier moment, la mort de Mme Saquy.

« Mme Saquy vivait donc toujours ?

« Je l'ai vue, il y a trois ans, la pauvre femme, danser, à demi-momifiée, sur une corde de l'Hippodrome, et couronnée de roses, encore !

« Mme Saquy avait proposé de danser sur une corde tendue entre les tours Notre-Dame, le jour du baptême du roi de Rome — il y a plus de cinquante ans. »

Figaro du 25 janvier 1866 : *Les Miettes de Paris*, Robert Burat.

Dans un court article du 28 janvier, sous la même signature (pseudonyme de M. Jules Claretie), l'orthographe du nom de la danseuse était rétablie, et elle était appelée Mme Saqui et non Saquy.

LETTRES D'AMOUR PERDUES

DOCUMENTS INÉDITS SUR LA VIE DE THÉATRE

Je suis de ceux sur lesquels les vieux papiers exercent une invincible attirance. Reconstituer de la vie, la faire sortir d'anciens dossiers, dans une intimité familière, me paraît une joie infinie. Assurément, elle est incomparable quand il s'agit de personnages ayant laissé une trace dans l'histoire, qui apparaissent, soudain, sous un aspect insoupçonné. Mais j'aime aussi évoquer des existences inconnues, obscures ou oubliées, les pénétrer, entamer avec elles, à travers le temps,

d'amicales relations, avec une instinctive sympathie, quand le hasard les livre à ma curiosité.

Un hasard seul, en effet, fit conserver et clas-
ser certaines lettres privées, qui n'étaient certes
point destinées à traverser les siècles et qui
dorment, maintenant, dûment cataloguées, dans
nos collections nationales.

Il y a, aux Archives, des cartons pleins de ces
lettres, n'ayant point de prétentions historiques,
et qui n'ont droit aux égards dont elles sont en-
tourées qu'en raison des circonstances où elles
furent rencontrées.

Il en est, notamment, qui furent perdues dans
les diligences d'autrefois, soit qu'elles fussent
contenues dans un sac ou dans un portefeuille,
soit qu'elles fussent enfouies au milieu des
objets hétéroclites d'une malle égarée ou arrêtée
par autorité de justice, sur la requête d'un
créancier. Ces papiers non réclamés, quand ils
parvenaient au bureau central des Messageries,
furent envoyés au Séquestre. C'est de là qu'avec
les années, ils arrivèrent aux Archives.

Ces dossiers forment de véritables monceaux.
Que d'étranges destinées apparaissent, combien
d'aventures singulières se dessinent! Que de

romans, dont la clef fait défaut, faute d'une pièce qui les éclairerait! Que de trouvailles à espérer encore, cependant, de ces notes, de ces états, de ces comptes de ces correspondances! Il ne faut que beaucoup de patience et qu'une heureuse fortune.

Dans ce chaos restant un chaos, malgré de précieux essais de classification, je me suis amusé — et ce furent là de bonnes heures — à mettre de côté les épaves épistolaires de gens de théâtre, durant l'époque révolutionnaire. Les comédiennes de ce temps-là furent-elles particulièrement distraites? Elles abandonnèrent souvent dans les voitures publiques les papiers auxquels elles semblaient devoir le plus tenir, et hésitèrent sans doute devant les démarches nécessaires pour les reconquérir. Et voilà comment nous avons aujourd'hui leur histoire privée, parfois piquante et, d'autres fois, touchante...

I

C'est le cas pour un brave petit ménage d'artistes, les époux Gillotte. Nul dictionnaire théâtral ne fait mention de leur nom, et les difficultés
de leur existence prouvent qu'ils cherchaient
d'abord du pain, avant la célébrité. Ils s'adoraient,
tout comme s'ils eussent eu les moyens de
s'aimer, mais les circonstances ne leur accor-
dèrent guère cette joie. Et je vous assure qu'ils
sont intéressants, ces pauvres vaillants petits
acteurs, dont les vœux étaient sans cesse
retardés et qui étaient contraints à ne se chérir
qu'à distance.

Charlotte Gillotte était actrice au théâtre de

Verviers (vingt-sept ans, front régulier, visage ovale, cheveux et sourcils châtains, taille *avantageuse*, dit le passeport qui lui fut délivré le 8 de vendémiaire an V par la municipalité de Lille). C'est en venant à Paris, sans doute pour implorer les bons offices de l'agent dramatique Perlet, qu'elle perdit le modeste portefeuille de cuir jaune, conservé dans le carton 997 de la série T, où se trouvaient les lettres de son mari, retraçant sa lamentable histoire, traversée d'espoirs qui n'étaient jamais réalisés.

Gillotte, deux ans auparavant, avait cru pouvoir conclure un engagement à Paris. Il était descendu chez le citoyen Thamas, pâtissier, boulevard du Temple, vis-à-vis la rue Saint-Ange, et il avait battu le pavé pour se caser. Evidemment, il était parti en avant-coureur, persuadé que ce ne seraient pas seulement ses talents qu'il arriverait à faire utiliser, mais aussi ceux de sa femme : ainsi le couple ne se quitterait-il point. Mais le pauvre Gillotte se démène vainement, frappe, sans succès, à toutes les portes, et il est bien forcé d'écrire à sa chère Charlotte ses déconvenues : « Nous sommes trop de hautes-contre, à Paris! » dit-il mélancoliquement. Il s'inquiète, le temps se passe, il avait promis d'envoyer de quoi payer des dettes criardes, à Verviers, et il est lui-même dans le dénuement. Il avait compté, pour l'aider, sur un camarade, un certain Lacroix, rencontré par lui et qui ne paraissait pas chiche de promesses. Mis au pied du mur, ce fanfaron de Lacroix, qui prenait des airs de protecteur, avoue que ses effets sont en gage et qu'il ne vit que d'expédients. Que faire pour réparer ces mois perdus en stériles allées et venues? Tout ce que trouve Gillotte, en fin de compte, c'est un engagement à Limoges. Il était temps! Il mourait de faim.

C'est un peu piteusement qu'il l'annonce, pourtant, cet engagement. Il s'excuse d'avoir été forcé de l'accepter, après tant de beaux projets. « Mais que veux-tu, ma bonne amie, il faut vivre et travailler. Qui refuse peu n'a rien. »

Mais, en sa cervelle de comédien, prompte à forger des chimères, les illusions s'échafaudent de nouveau :

Les appointements ne sont pas bien forts, mais ils sont sûrs. Je ne gagne que dix-huit cents livres, mais les vivres, là-bas, sont à si bon marché que cent francs dans ce pays en sont deux à comparer Verviers. Je t'envoie le double de mon engagement qui pourra te servir à faire accepter un billet. Sur les cinq louis d'avance que je viens de toucher, je t'en envoie quatre. Hélas! je pense que tu redois encore cent quarante-cinq francs... Mon plan est de te faire venir à Limoges. Que ne puis-je t'avoir tout de suite avec moi, ma chère petite femme! Je t'embrasse de toute mon âme, et vais t'attendre avec la plus grande impatience; sois assurée que je ne négligerai rien pour te réunir à celui qui t'aime plus que lui-même. C'est avec amour et fidélité que je suis ton mari.

GILLOTTE.

Le voici à Limoges, où il joue l'emploi des jeunes premiers dans l'opéra, et, dans la comédie, les seconds amoureux. Mais « si la direction est bonne », elle a beaucoup d'embarras, elle a des dettes à rembourser, et « on ne vient pas en foule au spectacle ». Gillotte parle sans cesse de l'engagement de sa femme, mais le directeur, le citoyen Touchard, « lui a allégué le manque de ressources ». La situation, qui semblait sûre, l'est déjà beaucoup moins : Gillotte n'ose tout dire. Mais là-bas, à Verviers, Charlotte s'impatiente, elle a pris au sérieux les assurances de son mari et elle lui reproche de l'oublier. Gillotte répond aussitôt par ces douloureuses confidences :

Ma chère et malheureuse amie, tes reproches m'affectent bien vivement; peux-tu soupçonner qu'il y ait là moindre négligence de ma part? Tu es malheureuse, et tu peux juger de ce que je souffre par l'amitié que j'ai pour toi. J'ai vécu d'espérance jusqu'ici. Le directeur n'a pu faire ce qu'il aurait voulu et est en retard avec moi... Si tu savais combien je suis encore plus à plaindre de te savoir sans ressources! Tu es toujours devant mes yeux, avec ma petite famille, et tu dois comprendre ce que le cœur de ton Gillotte, qui t'aime plus que lui, doit souffrir. Ah! plus de séparation! De quelque manière que les choses iront, je n'en veux plus! Je partagerai ton mal et il te sera moins affreux, car le vrai bonheur est d'avoir ce qu'on aime... J'espérais, ainsi que les camarades, toucher quelque chose, mais le propriétaire de la salle a mis arrêt, et, si l'on n'eût pas donné quatre cents francs, la salle eût été fermée... Justifie-moi donc de l'idée que l'on pourrait avoir de moi. L'on me suppose le plus grand monstre de l'univers : savoir ma femme et mes enfants dans le besoin, et être tranquille ici! Cette idée me fait le plus grand chagrin... Serais-je capable d'une telle noirceur! Adieu, ma chère et malheureuse amie, je suis, avec l'espoir de te consoler bientôt, ton fidèle et malheureux GILLOTTE.

P. S. — Dans les plus grandes villes, on ne fait

rien ; nous venons de recevoir des nouvelles de Bordeaux, et l'on n'y est pas payé.

Cruelle page du roman tragi-comique qui, en ces heures de fièvre politique, se déroule partout le même. Les acteurs de province font particulièrement l'épreuve de la dureté des temps, et la lettre du brave homme qu'est Gillotte ne retrace que sobrement leurs misères. Sur cette détresse des gens de théàtre, les *Mémoires* de Louise Fusil sont plus explicites.

Mais l'espoir, l'espoir qui renaît toujours chez le comédien, même aux heures les plus sombres, gonfle de nouveau le cœur de Gillotte. Adieu les inquiétudes! Cette mobilité caractéristique s'atteste dans un autre billet qui, quelques jours après, chante déjà victoire :

Ma tendre amie, on m'accorde une représentation qui va relever nos affaires. Des danseurs de Bordeaux arrivent ici le 18, et ils me donneront beaucoup de ressources pour mon spectacle. Je suis assuré que l'on fera beaucoup d'argent par la manière que l'on a reçu l'annonce. On est fou de la danse, ici : l'année dernière, un seul danseur a passé, et il a gagné 1.800 livres au-dessus des recettes ordinaires. Un amateur de la ville m'a fait espérer que

je toucherais au moins cinq cents livres. J'ai deux
pièces nouvelles et elles sont à l'étude, en ce
moment, au lieu des vieilleries que nous avons
jouées. Dès le lendemain de la représentation, je
t'envoie l'argent. Mon plus grand chagrin est passé,
je vois presque infaillible le bonheur que je désire
tant : celui de t'avoir avec moi...

Hélas! la lettre suivante annonce que les danseurs ne sont pas arrivés et que la représentation, la fameuse représentation sur laquelle
Gillotte a fondé tant de joies, est retardée. Le
pauvre rêveur est encore précipité du haut de
son rêve. Il en formera vite un autre, assurément, mais ce déboire affole Charlotte et, tâchant
désormais de compter sur elle-même, c'est sans
doute à la suite de ces désolantes nouvelles
qu'elle se met en route.

Ce dossier nous livre un humble, mais atten-
drissant roman conjugal, une histoire de misères
professionnelles, que j'ai relevée pour ce qu'elle
a d'assez tristement typique : mésaventures
incessantes, espérances ressuscitant toujours et
toujours trompées. Par le dossier suivant, nous
allons faire connaissance avec une actrice plus
fantaisiste, Lolotte Haran.

II

Celle-ci est un peu bohème et l'on s'explique plus aisément qu'elle ait perdu ses passeports, ses engagements et jusqu'à ses lettres d'amour, évoquant une liaison avec un camarade, qui se refroidit peu à peu, et d'autres avec de ces fervents amateurs de théâtre qui ne s'intéressent pas qu'au spectacle. Elle apparaît insouciante, légère, dépensière, habituée, d'ailleurs, à être adulée.

Le passeport qui lui est délivré, le 1ᵉʳ germinal an IV, par la commune de Bruxelles, département de la Dyle, lui donne le nez petit, la bouche petite, le menton « un peu pointu »,

22

les yeux bruns, les cheveux châtains, la taille de
quatre pieds et un pouce. En est-ce assez pour
ressusciter cette frivole comédienne, qui ne
laissa pas d'être fêtée, à en juger par les vers
galants qui lui étaient adressés, les uns ne
s'adressant qu'à l'artiste, les autres décochés à
la femme :

> De vos attraits qui pourrait se défendre,
> Dès qu'ils ont résolu d'assujétir un cœur ?
> On est séduit par un charme si tendre
> Que le vaincu se croit déjà vainqueur.

La femme doit l'emporter sur l'artiste, car son
engagement, par le citoyen Provost, « directeur
du spectacle dramatique, comique et lyrique
pour La Haye, Leyde et autres villes de la
Hollande »; porte qu'elle doit jouer, dans la
comédie, « les rôles de convenance et se prêter
généralement à tout pour le bien de l'entreprise ». L'engagement va du 20 mars 1796 au
« jeudi saint » 1797. Ce n'est pas l'emploi du
calendrier républicain. La formule finale de
l'engagement rappelle, cependant, l'époque. Elle
est assez originale :

Fait en double et sur la foi sacrée des hommes
libres, pour qui un engagement contracté librement

est l'obligation la plus stricte et la plus rigoureuse, à peine de dépens.

Il ne laisse pas, cependant, cet engagement, d'être assez sévère, dans sa solennité :

...Il est de plus, convenu que, sous aucun prétexte, quel qu'il soit, la citoyenne Haran ne pourra se dispenser de jouer tous les jours, afin que le susdit entrepreneur puisse satisfaire aux engagements contractés envers le public ; et ce, en raison de ce que le spectacle est l'école des mœurs, qu'il est considéré comme une institution publique, et que l'entrepreneur, qui a des obligations sacrées envers le public, ne peut non plus, sous aucun prétexte, aucune excuse quelconque, ne pas donner spectacle et spectacle diversifié tous les jours.

Son précédent engagement lui assurait « cinq cents livres, payables de mois en mois, en monnoye républicaine », au théâtre de Maestricht. Mais elle devait :

Se fournir de tous les équipages, costumes, etc., convenables à ses emplois et à ses rôles; sans rien exiger du magasin, que la Direction ne fournit que pour les accessoires et figurants, suivre la troupe en tout ou partie partout où il plaira de la conduire, se trouver exactement le jour, la nuit, fût-ce après la comédie, aux heures indiquées pour les assemblées, répertoires et répétitions, sous peine des amendes fixées à 3 livres pour les assemblées et répétitions et à 12 livres si on ne s'y trouve pas du tout.

Voulant que le présent engagement ait autant de force et de valeur que passé devant notaire, sans qu'aucune espèce de dédit, renonciation au théâtre, ni raison quelconque puisse le rompre, à moins d'une convention formelle de part et d'autre. — Debussy, Champonesle, Marc Haven, directeurs.

Ce traité entre les directeurs et la comédienne ne laisse pas d'être assez curieux, au point de vue de l'histoire des coutumes du théâtre. Précédemment encore, Lolotte en avait conclu un autre avec La Rochelle (Lawall, directeur) qui l'obligeait « à paraître, en tout temps, en tout lieu, à toute heure, dans toutes les pièces de tous les genres : opéra-comique, opéra-bouffe, grand-opéra, vaudeville, pantomimes avouées, choisies et distribuées par l'entrepreneur ». En dépit de formules nouvelles, la Révolution n'avait pas adouci les engagements d'acteurs...

Elle a d'autres engagements, des engagements de cœur, auxquels elle est peut-être moins fidèle qu'aux autres. Il y a un paquet de lettres du chanteur Baptiste, qui doit être le Baptiste qui, en 1799, entra à l'Opéra-Comique pour y doubler le célèbre Martin. Cette correspondance de Baptiste, égarée sur les grandes routes, est amusante, aujourd'hui, par sa flamme décroissante.

Pendant que Lolotte Haran est à La Haye, Baptiste est resté à Bruxelles. La séparation n'a pas été, sans doute, sans quelque petit chagrin et, de sa nouvelle résidence, Lolotte s'inquiète de la constance de son ami. Celui-ci proteste, avec impétuosité, de la persistance de son attachement :

Toujours, me dis-tu, tu as peur que je change. O mon aimable amie, sois certaine de mon amour et des sentiments que je ressens pour toi, qui sont trop sincères pour s'effacer de sitôt. Ma passion est comme la République, une et indivisible. Adieu, ma bonne, comme j'ai attendu jusqu'à quatre heures pour te répondre, la répétition va commencer et mon devoir m'appelle. Je t'embrasse mille fois, espérant bientôt réaliser mon vœu et me dire pour la vie, *ton homme.*

BAPTISTE.

Singulière impression que de fouiller dans ces vieilles lettres d'amour, témoins d'existences disparues !... Cependant, bien que cer-

22.

tains billets intermédiaires attestent que Lolotte
Haran a d'autres caprices, elle tient à la fidélité
de Baptiste, qui proteste tendrement et galamment de la solidité de sa ferveur pour elle. Rien
ne changera son cœur : il a trop de troublants
souvenirs. Dans une autre lettre, il se défend
de reproches immérités :

O Lolotte, Lolotte, je te croyais plus raisonnable!
Rentre en toi-même, n'écoute pas les propos, fuis
les mauvaises langues, consulte ton cœur, rappelle-
toi mes conversations et tu redeviendras raisonnable, si les femmes peuvent le devenir... Ma bonne
amie, songe à te corriger un peu de ta jalousie, et tu
seras parfaite. Prends dans ma lettre mille baisers
que j'y dépose pour toi, et crois-moi, pour la vie, ton
fidèle amant.

BAPTISTE.

Ce commerce épistolaire continue, passionné.
Ce sont les plus chaleureuses évocations d'un
doux passé, des rêves de réunion, des rencon-
tres projetées, avec un brin de romanesque. On
dirait des pages détachées du manuel des par-
faits amants, avec de la jeunesse et de la folie.
Mais que s'est-il passé ? Voici tout à coup de la
prose. Une fâcheuse question d'argent s'est

mêlée à cette idylle, au cours de laquelle Baptiste a appris à son amie qu'il jouait le rôle de
Boleslas dans *Lodoïska*, en des termes qui attestent qu'il a bonne opinion de soi-même. Baptiste
veut bien aimer et être aimé, mais payer, non
pas ! Et, à ces lettres enflammées, succède celle-
ci, d'un ton sec et faisant brusquement bon
marché de tous les amoureux souvenirs :

13 décembre 1796.

Madame et Camarade,

Aujourd'hui, à mon grand étonnement, j'ai reçu
une pancarte du citoyen J.-P. Meissner, pour com-
paraître demain en la municipalité pour quatre-
vingt-dix florins que vous devez. Comme je n'ai
point signé que j'en répondais pour vous, on ne
peut rien me faire.

BAPTISTE.

Le « madame et camarade » indique que
Baptiste a subitement rengainé tout son
lyrisme. Les avantages de l'intimité avec une
jolie femme, soit ! mais non les inconvénients.
Dès qu'il s'agit de débourser pour Lolotte,
assez indifférente à ses dettes, serviteur ! Baptiste, il faut bien en convenir, ne fait pas très

belle figure au dénouement de cette correspondance.

Passagèrement embarrassée, Lolotte s'est-elle souvenue qu'elle avait un mari, soldat quelque part? Une note établit qu'elle l'a fait rechercher, et on l'a trouvé à un dépôt d'Alençon, lieutenant au 14e régiment de chasseurs à cheval. Elle lui a écrit pour lui demander quelque secours. Ce militaire fait superbement la sourde oreille, et il répond, laconiquement, dans une orthographe des plus fantaisistes, sans faire la moindre allusion à la demande d'argent:

Jevou remercie de mavoir doné de vo nouvele. Vous mefaite granplessire de me doné des nouvele de notrefils. D'aprait votre recie, illait onepeux plus aimmable. Dans peux, je vou aprandrait peutaitre mon depar pour l'arremée de SambréMeuse.

24 *germinal an* IV.

FRANÇOIS HARAN.

Et c'est tout. Ce brave chasseur à cheval ne se soucie pas beaucoup, évidemment, de partager sa solde avec une épouse qui ne s'est souvenue de lui que pour avoir recours à sa

générosité. Mais Lolotte a encore des adorateurs. L'un d'eux s'exprime même dans le langage des Muses :

> .....Je forme un sentiment bien tendre
> *Lequel* augmente à vous entendre
> Le plaisir qu'on sent à vous voir...

Mais ce n'est pas de vers dont elle a besoin,
pour le moment. Elle se rappelle un certain
Duran et elle lui écrit une lettre pleine de coquetterie où elle feint de lui expliquer son long
silence par ses ressentiments, qui cèdent peu à
peu devant le prestige des souvenirs. Le citoyen
Duran est « sensible ». Lolotte a touché juste,
car de la petite et tranquille ville de Montereau,
où il vit présentement, Duran, ragaillardi par
l'espoir d'un raccommodement et pris à ces
habiles manœuvres féminines, répond par cette
épître brûlante, qu'attendait bien la fine
mouche :

23 thermidor.

Je ne fus pas peu surpris, ma chère Lolotte,
lorsqu'on me remit une lettre de vous. Je puis vous
assurer que, malgré les reproches trop mérités dont
elle est remplie, elle me fait grand plaisir. Je suis de

plus en plus honteux des procédés affreux dont je vous ai accablée...

La veille du jour que j'ai reçu votre lettre, j'avais fait un rêve... Je vous voyais dans un de ces jours délicieux où je pouvais me flatter de posséder votre cœur, je voulais jouir des droits qui seuls sont connus des amants... Je vous abrège mon style, car il me fit trop de plaisir dans le moment, et, à présent, trop de peine.

Vous me dites que vous désespérez de ma conduite. Je puis vous affirmer qu'elle est bien changée; il n'y a que mon cœur qui ne changera jamais. Toutes les puissances infernales et célestes ne pourront m'empêcher de vous adorer jusqu'à mon dernier soupir. L'amour ne sera jamais rien sans vous, et jamais une autre femme n'obtiendra dans mon cœur la place de Lolotte...

Cette bonne dupe qui se croit des torts reviendra à Lolotte, semblant lui pardonner généreusement. Ce manège est amusant à suivre: les comédiennes du temps de la Révolution y étaient expertes autant que les autres. C'est vraisemblablement le citoyen Duran qui aura payé la note de la modiste, Mlle Saint-Martin, jointe au dossier et s'élevant à un total assez coquet.

III

Reine-Colombe Girardin, femme Gomet, venant des Variétés de Bordeaux, a perdu, dans la diligence, des lettres de directeurs qui n'ont pas l'air de faire grand accueil à ses demandes d'engagement. Louise Chevalier, venant de Dijon, a égaré un paquet contenant toutes ses copies de rôles, et voici une indication piquante sur ce qu'on exigeait, comme variété de talents, d'une actrice de cette époque. On lui fait jouer simultanément les ingénues, les coquettes, les soubrettes, les duègnes : Spinetta dans *le Fleuve d'oubli*, Eugénie dans *la Femme jalouse*, Arsinoé dans *le Misanthrope*, Iphigénie dans

Iphigénie, Jacqueline dans *le Médecin malgré lui*, etc.

Cette souplesse et cette bonne volonté ne lui ont pourtant pas beaucoup réussi, car elle emporte un avis du percepteur de Dijon qui, au milieu de ces épaves de la vie de théâtre, est un curieux document financier :

> MON BUREAU, PLACE MAR..
> EST OUVERT TOUS LES JOURS,
> L'EXCEPTION DES DÉCADIS, DE..
> 9 HEURES DU MATIN JUSQU'A...
> ET DEPUIS 2 HEURES JUSQU'A...

Rue Madeleine.

C. Louise Chevalier, veuve Lacombe.

Le premier devoir d'un républicain est de payer exactement les contributions auxquelles il est imposé pour les besoins de la patrie. Tu es cependant de beaucoup en retard, puisque tu dois encore, pour la contribution de 1792, la somme de 32 francs.

Le District, après avoir fait afficher par toute la ville une invitation aux citoyens de payer sur-le-champ leurs impositions échues, m'enjoint, par un arrêté du 18 floréal, de faire promptes diligences contre ceux qui n'auraient pas satisfait cette obligation.

C'est donc pour t'éviter l'injure des contraintes et

au percepteur le désagrément de te la faire qu'il te donne fraternellement ce dernier avis.

Signé: FRANCHETOT.

Mme Le Brun, comédienne à Rennes, a perdu un de ses engagements précédents, dont la teneur peut être intéressante à relever, à cause de sa date ; c'est un des exemples des contrats d'association, remplaçant le système des appointements :

Nous soussignés, directeurs-associés des spectacles de Clermont-Ferrand, reconnaissons avoir engagé la citoyenne Lebrun pour jouer, en qualité d'associée, les emplois suivants, savoir : les troisièmes amoureuses dans la comédie, des jeunes premières au besoin et des ingénuités, de même que des confidentes dans la tragédie ; chanter aussi des troisièmes amoureuses dans l'opéra-comique, paraître et chanter dans les pièces à spectacle et jouer généralement tout ce qui lui sera distribué. Et ce, pour une demipart, son voyage payé aux frais de la Société ainsi que ses équipages. — Fait double entre nous, et voulons que ce présent engagement ait autant de force et de valeur que passé devant notaire.

A Paris, le 8 avril 1793, l'an IIe de la République.

BONNETTY.

23

Mlle Marigny, qui tient en chef l'emploi des Dugazon, à Charleville, moyennant 250 francs par mois, et qui vient descendre, à Paris, au « Café des Rendez-vous », rue Montmartre, a eu l'imprudence de perdre une lettre qui compromet un peu le citoyen Buez, député à la Convention, 24, place des Piques.

Mais, au milieu de ces noms obscurs, de ces physionomies effacées, dans lesquelles nous ne pouvons voir que des échantillons typiques du monde théâtral d'antan, voici une personnalité fameuse, celle de Claire, dite Rose Lacombe, la présidente de la Société des femmes révolutionnaires, célèbre par ses violences, ses démêlés avec Chabot, son arrestation à la sortie du club des Jacobins, en l'an III, son emprisonnement, ses lettres virulentes au *Courrier français*. C'est elle qui, dès juillet 1792, se disant, dans une étrange pétition, « née avec le courage d'une Romaine », avait demandé « la destruction des tyrans ». Le 10 août, elle était à l'assaut des Tuileries et elle recevait une couronne civique pour son courage. Elle était bien le « grenadier femelle » dont parlait, un peu narquoisement, Fabre d'Eglantine. Trésorière du monument, sous forme d'obélisque, destiné à honorer les

mânes de Marat, elle avait réclamé pour les
femmes, « douées comme les hommes de la faculté de sentir et d'exprimer leurs pensées », le
droit de se mêler aux affaires publiques. De
Sainte-Pélagie et de « Port-Libre », elle avait
lancé de nombreux manifestes. Son rôle politique terminé, que devint-elle ?

La légende veut que cette héroïne ait fini
« échoppière » et qu'elle ait été enrôlée dans la
police. Mais on a écrit sur elle tant de romans !
Ce qui est certain, c'est qu'elle reprit son métier
de comédienne. Elle fut engagée à Nantes
en 1797, et le directeur de Nantes né la produi-
sait pas comme une étoile, puisqu'il ne lui attri-
buait que cent quatre-vingt-trois francs par
mois. Si le bruit qu'elle avait fait à Paris était
arrivé jusqu'à Nantes, on y était devenu fort
indifférent. En revenant de Nantes à Paris, en
compagnie d'un de ses camarades de théâtre
nommé Gabriel, elle n'était pas en une brillante
situation, car sa malle fut saisie à la requête de
la citoyenne Louis, tenant la maison garnie de
Bretagne, 88, rue Saint-André-des-Arts, pour
d'anciennes dettes.

Cette malle contenait des souvenirs de son
existence agitée, le brouillon de quelques-uns

des mémoires qu'elle avait, de prison, envoyés
à la Convention, des extraits de journaux, des
décharges des comptes du monument de Marat,
reçus signés: Droigny, charpentier, 17, rue Po-
pincourt, pour 302 livres 17 sols; son ordre de
mise en liberté, du 1er fructidor an III, signé des
membres du Comité de sûreté générale, Kerve-
legan, Bailleul, Bailly, Bergoing, Perrin et
Pemartin ; quelques lettres d'une amie pendant
sa détention et — la femme se retrouvant sous
la révolutionnaire — quelques lettres d'amour,
aussi, des plus tendres, des plus idylliques. On
ne peut être toujours farouche et demander
sans cesse la tête des tyrans.

Ces lettres, entassées confusément avec des
factures et des réclamations de fournisseurs,
notamment au sujet d'une montre, ne sont pas
signées, et l'on ne peut savoir quel fut l'adorateur de l'ancienne enthousiaste de Marat, rede-
venue « sensible » et même coquette. Il semble
bien que la Révolution lui avait donné un coup
de soleil, après lequel elle avait repris, comme
on disait alors, « les grâces de son sexe ».
En 1797, elle avait trente-cinq ans. Le signale-
ment donné sur son passeport est assez vague :
taille, cinq pieds deux pouces ; sourcils et che-

yeux châtains ; nez aquilin, menton rond, front ordinaire, visage rond.

Cet adorateur inconnu date ses lettres « de l'an Ier de mon bonheur », et les termine en disant : « Je me transporte en idée dans tes bras et je t'embrasse aussi fort que je t'aime. » Cependant, il y a eu un petit froid entre Claire-Rose Lacombe et lui. Mais « lui » regrette tôt cette interruption à sa félicité, et il écrit :

Malgré notre petite brouille, dont je suis cause bien innocemment et dont je suis trop puni par ton indifférence, je te demande à dîner demain, ma bonne amie. En me refusant, tu ne sais pas combien tu m'affligerais... C'est demain jeudi... jour de bal... jour à jamais mémorable et cher à mon cœur. Si les jours se succèdent et changent, mon cœur ne les imite pas, et je ne crains pas de te jurer amour pour la vie.

« Jour de bal... jour mémorable ». L'ex-présidente des Femmes révolutionnaires n'avait donc pas dédaigné, après avoir tant proclamé l'égalité des femmes dans les devoirs civiques, de reprendre goût au plaisir.

23.

IV

Il n'y a de beau, a-t-on dit, que les romans qui ne finissent pas. Malheureusement, d'après les lettres bien classées qu'elle égara sur une grande route, le roman d'Emilie Fleury, actrice dans la troupe de M. Raynal, directeur pour Gand, Anvers et Tournay, finit, et finit selon la loi fatale des histoires d'amour, c'est-à-dire, après les plus violents transports, par de l'indifférence.

Emilie Fleury est aimée d'un très jeune militaire, nommé J. Ernest (car il signe, celui-là), dont la passion s'exprime d'une façon lyrique, dans le style solennel de son temps, avec des lueurs romantiques, déjà. On est en l'an XII, et il a lu, évidemment, l'*Obermann* de Sénancour. Il en reflète la mélancolie vague, et il aime à se dire maudit. C'est d'Anvers, puis de Hollande qu'il écrit, séparé par ses devoirs d'Emilie, dont il semble avoir fait la connaissance à Gand :

Anvers le 18 floréal.

Je reçois à l'instant, ma chère Emilie, ta chagrinante épître. Est-ce bien vrai ! Tu m'avais caché ton état, tu as une fièvre violente ! Ah ! mon amie, tu ne pourras rien m'apprendre de plus affligeant, et cette douloureuse nouvelle m'a accablé de tristesse. Il est arrêté que tout ce qui m'aura approché ressentira la perfide influence de mon mauvais destin. *Je suis né malheureux*, bonne amie ; comment pourrais-je répandre de la félicité autour de moi ? Plût au Ciel que je ne t'eusse jamais connue, et pourtant, le jour de notre liaison fut le plus beau de ma vie. Mais qu'en reste-t-il, hélas ! Des souvenirs qui doublent mon infortune, des regrets qui empoisonnent ma vie.

... Je songe au jour qui nous réunira, et j'en jouis par anticipation. Soigne-toi bien, bonne petite, fais ce qu'il faut que tu fasses ; je jugerai de ton amour par l'empire que tu accorderas à ta raison et par les précautions que tu prendras pour te conserver à l'homme qui te chérit.

Reçois des baisers de feu.

J. ERNEST.

Emilie doit s'amuser à quelques agaceries de jalousie. J. Ernest prend ces reproches au sérieux et s'en disculpe avec énergie :

Pourquoi faut-il donc, chère Emilie, que tu empoisonnes le plaisir que j'ai à lire tes lettres par des observations dures? Pourquoi me rappeler toujours mes dix-neuf ans, pourquoi y trouver un motif d'inconstance quand tu peux avoir eu toi tant de motifs pour me fixer? Il s'en faut bien que quelques belles Hollandaises m'aient tourné la tête. Un Français ne doit pas négliger son pays, mais surtout lorsque son pays renferme ses affections les plus chères. Aussi, ma chère amie, ne suis-je pas tenté de te négliger; mes yeux et mon cœur se reportent vers toi à chaque moment du jour. Il n'y a que toi, mon Emilie, qui aies su laisser dans mon âme les traces profondes et ineffaçables des sentiments les plus tendres; je n'ai et n'aurai jamais d'autre amour que toi, je t'aime uniquement, et si tu étais à enlever, je pourrais en faire la folie.

J. ERNEST.

Nul n'est plus sentimental que ce jeune guerrier, tout entier à l'amour, qui, bientôt, hélas! connaîtra sa première déception de cœur et qui, par l'infidélité d'une coquette, fera l'apprentissage de la vie. Pour le moment, il déclare « fouler aux pieds le préjugé » et, dût son avan-

cement en souffrir, rêver une union qui est le
plus cher de ses vœux. C'est jeune, c'est charmant, c'est amusant, et il y a pourtant eu sur
ces papiers, aujourd'hui jaunis, des traces de
larmes. On n'en peut sourire, après si longtemps,
qu'avec cet attendrissement qu'on éprouve pour
les sentiments vrais. En dépit de son grand sabre
et des principes qu'il affecte pour se vieillir un
peu, ce pauvre petit blanc-bec a encore toutes
ses illusions. Il se rappelle bien que cette liaison
a commencé « par un caprice » :

« C'est un caprice qui a formé nos premiers liens,
mais un sentiment plus doux et plus tendre les a serrés... »

Et il croit aux serments éternels, il a toute
confiance en Emilie, il voit en elle « la plus
noble représentante des vertus féminines », et il
entremêle ses lettres de petits vers :

Je vois des femmes, chaque jour,
De leur sexe ayant tour à tour
Les grâces, la coquetterie.
L'une est belle, l'autre est jolie,
Toutes sont faites pour l'amour,
Mais pas une n'est *Emilie !*

Cependant, un soupçon l'effleure. Les lettres

274 MÉMOIRES D'UNE DANSEUSE DE CORDE

d'Émilie sont-elles devenues froides, est-elle, comme il dit, « corrigée de ses premiers délires » ? Et il écrit ce billet véhément et enfantin :

Ah ! si tu me trompais, Émilie, tu aurais de cruels reproches à te faire : tu tromperais un cœur qui s'est abandonné à toi, un cœur qui te chérit si vivement, dans lequel tu es pour toujours entrée, et tu condamnerais un malheureux à des larmes éternelles... Si ce malheur, qui me fait frémir, m'accable jamais, si tu me plonges dans l'amertume, ah ! je t'en conjure encore, relis mes lettres, vois-y tout l'amour que je t'avais voué, rappelle-toi que tu étais tout pour moi, que je t'avais ouvert mes bras, que je t'attendais avec joie, avec ivresse... Adieu, mon amie, reçois toutes mes pensées, tous mes soupirs, tous mes embrassements, mon existence tout entière vole vers toi...

J. ERNEST.

On est tenté de dire : pauvre petit ! C'est Chérubin trahi. La comédienne a peut-être souri de cette lettre si touchante. Sûrement, elle lui a fait comprendre, plus ou moins doucement, qu'elle s'était attardée à cette amourette. L'officier de dix-neuf ans, qui s'est peut-être bravement battu déjà, reste écrasé de ce coup porté par la femme aimée, et éclate en sanglots. Mais

Il essaie, assez maladroitement d'ailleurs, de
feindre la fierté, et il répond en tâchant de mettre
de l'ironie dans sa lettre :

En me retirant le titre d'amant, vous voulez bien
me laisser celui d'ami, et vous me l'offrez charitable-
ment, en compensation de la perte que je fais. Il est
très généreux, Madame, de laisser encore quelque
chose au malheureux que l'on pourrait dépouiller
tout à fait. Mais le malheur même a sa dignité, et
l'infortuné, pour supporter noblement un revers, ne
doit entretenir aucune trace de sa grandeur passée.
Souffrez donc que je refuse ce que votre générosité
veut bien m'accorder : ce don me serait plus funeste
qu'utile, et peut-être ma résignation ne serait-elle
pas assez forte pour lutter contre mes souvenirs.
Gardez votre amitié, Madame ; il fallait être moins
prodigue, en commençant, puisque vous deviez finir
par être si avare...

Ce billet est bien tourné, quelque effort qu'il
sente. Mais l'amant abandonné ne peut se
résoudre à fermer sa lettre, et il la fait suivre
d'un long post-scriptum, un peu désordonné, et
qui dément le semblant de résignation de tout à
l'heure :

Gardez mes lettres mais redoutez ces témoins
accusateurs... Je n'ai point votre image, et, cepen-

dant, je serai mort dans votre souvenir que vous
vivrez encore dans le mien. Moi, je ne brûlerai pas
vos lettres, je les relirai souvent pour me préserver
d'un nouvel amour, et, en les mouillant de quelques
larmes, je dirai : « Elle a écrit tout cela, et, pourtant,
elle m'a oublié... » Ah ! Emilie, Emilie, n'oublie pas
que tu as condamné à de longues douleurs l'ami le
plus tendre...

Le petit officier se sera consolé. Il aura porté
ailleurs ses soupirs. Mais aura-t-il jamais retrouvé une heure aussi sincère que celle où il
exhalait son premier désespoir ?

V

Avec les époux Soreau, nous sommes avec de pauvres diables. Ce qu'ils ont perdu, ce sont les traces d'une existence de minables comédiens errants, installant leurs tréteaux où ils pouvaient et se faisant décerner par les autorités, au cours de leur vie nomade, des attestations comme celle-ci :

CERTIFICAT. — Nous, maire et officiers municipaux de la ville de Meilhan-sur-Garonne, certifions et attestons à tous ceux qu'il appartiendra, que le sieur Soreau, dit Saint-Amand, a séjourné et joué la comédie, lui et sa femme, l'espace de huit jours, et qu'ils ont tenu en cette ville une conduite irréprochable. En foi

24

de quoi nous leur avons délivré le présent, que nous avons signé et fait contresigner par le greffier de la municipalité, et icelui a fait apposer le sceau et les armes de la ville. — Donné à Meilhan, le 31 avril 1790, — PIERRE-JULES GUÉIL.

Ce pauvre certificat a traîné de bourgade en bourgade, couvert de cachets et de signatures ; il dit les caravanes, vraisemblablement peu fructueuses, du ménage.

Enfin, Soreau se lasse d'être le modeste impresario qu'il a été longtemps, et il parvient à se faire engager au théâtre de Niort. La teneur de cet engagement est bien curieuse. Il faut la reproduire :

Vivre libre ou mourir.

DIRECTION DE NIORT.

An II.

Les spectacles républicains ne sont point regardés comme un simple amusement, mais comme une école civique : chaque représentation doit servir à l'instruction du peuple et à la gloire de la République.

D'après ce principe, les anciennes pièces qui se présentaient journellement étant ou supprimées, ou

suspendues, les engagements ne peuvent plus avoir
lieu sous la même forme, et, pour éviter toute discussion entre le directeur et les pensionnaires, moi,
Trouillet, dit Saint-Foix, entrepreneur de spectacle,
et le citoyen Soreau, dit Saint-Amand, comédien,
avons convenu de bonne foi, et sans aucune réserve,
de ce qui suit :

Premièrement, qu'il n'y a plus d'emplois. — *Secon-*
dement, que le devoir du directeur est de payer régu-
lièrement et de tenir avec une scrupuleuse exactitude
toutes les clauses de l'engagement qu'il aura souscrit,
et celui du pensionnaire de prêter tous ses talents
selon les vues du directeur qui ne doit consulter que
son intérêt, parce que, en plaçant les acteurs selon
leur physique et leurs moyens, il travaille pour leur
gloire et pour son propre avantage. — *Troisièmement*,
si le directeur manque à ses engagements faute de
payement, le pensionnaire a droit de lui signifier
qu'il le quitte dans un mois ; de même, si le pensionnaire s'obstinait à refuser un rôle, ou manquait
essentiellement à ses devoirs, le directeur a droit de
le congédier, en l'avertissant un mois d'avance, et,
sur ce point, les deux parties contractantes renoncent
à toute discussion ou procès...

L'article premier a donc déclaré formellement
« qu'il n'y avait plus d'emplois ». Mais la logique
fit un peu défaut aux engagements, même con-

eus dans le plus pur esprit civique. Car voici ce
qui suit :

D'après les clauses principales qui font la base de
cet acte, moi, Soréau, dit Saint-Amand, comédien,
m'engage dans la troupe du citoyen Trouillet, dit
Saint-Foix, pour y jouer tout ce qui m'y sera distribué, principalement les *financiers*, les *tyrans*, les
pères nobles au besoin, et les personnages qui ont
rapport à ce genre de rôles.

Les emplois (et pouvait-il en être autrement?)
n'étaient donc supprimés que théoriquement :
après quoi on les rétablissait. Quinze cent livres
étaient allouées du 1er floréal an II au 1er floréal an III au citoyen Soreau. Sa femme était
engagée « pour chanter dans les chœurs »,
moyennant cinq cents livres par an.

Cet engagement républicain, et qui se récla-
mait des principes nouveaux, n'en était pas
moins fort rigoureux. L'acteur « s'obligeait » :

De suivre la troupe partout où l'intérêt de la direction la conduirait, sans pouvoir exiger d'autres
dédommagements que le voyage ; de prêter ses talents
pour l'utilité du spectacle, comme de jouer, au
besoin, de tous les instruments qu'il pourrait savoir ;
de se trouver à toutes les répétitions et assemblées,

tant le matin que l'après-midi, et même le soir, après
la comédie ; de payer les amendes imposées et qui
seront retenues par le caïssier, d'après la note de la
direction ; de se contenter de la manière dont l'entrepreneur aura déterminé d'éclairer les loges pour
s'habiller, la direction ne pouvant être sujette, à cet
égard, à aucune responsabilité ; de jouer et de chanter dans les concerts publics et privés qu'il plaira à
la direction de donner ; de jouer dans les entr'actes,
agréments de pièces, et pendant la durée de toute
espèce de spectacle, de quelque nature qu'il soit.

Les chanteurs et chanteuses des chœurs s'obligent
expressément à paraître dans toutes les pièces, quand
ils en seront requis par le tableau du foyer, et toujours chaussés et coiffés proprement, sous peine
d'une amende spéciale, qui ne sera jamais moindre
de trois journées de leur traitement...

Il y a une foule d'articles de ce genre, qui
attestent que la discipline était sévère dans la
troupe du citoyen Trouillet, dit Saint-Foix.

Il faut se borner, bien qu'il y ait encore tant à
remuer de cette vie de théâtre d'autrefois,
misères, joies, enthousiasmes, déboires ; choses
passées qui semblent un peu dérisoires aujour-
d'hui, et qui furent pourtant de l'existence
ardente, largement dépensée. Nous devons savoir
quelque gré de leur distraction aux comédiennes

24.

qui ne surent pas mieux garder leurs lettres d'amour, nous ouvrant ainsi leur cœur resté frivole, même aux heures de fièvre où se déchaînait le drame de la Révolution. Les hommes qui y étaient mêlés, qui avaient toutes les audaces et tous les courages, qui secouaient hardiment tous les jougs et renversaient un monde, n'en demeuraient pas moins désarmés, avec leur crédulité coutumière, devant la redoutable toute-puissance de la Femme...

TABLE DES MATIÈRES

TABLE DES GRAVURES

Paris. — L. MARETHEUX, imprimeur, 1, rue Cassette. — 15200.

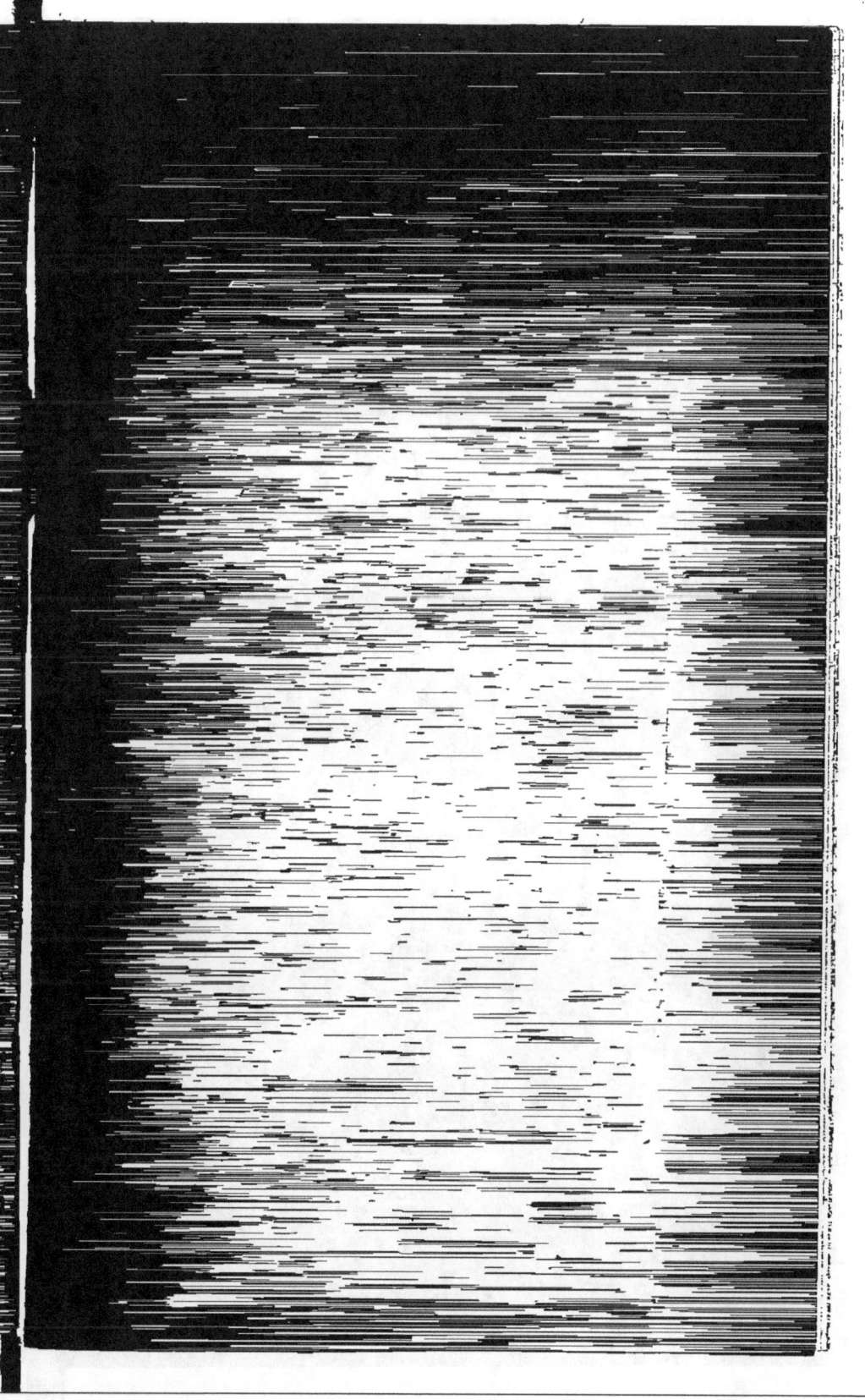

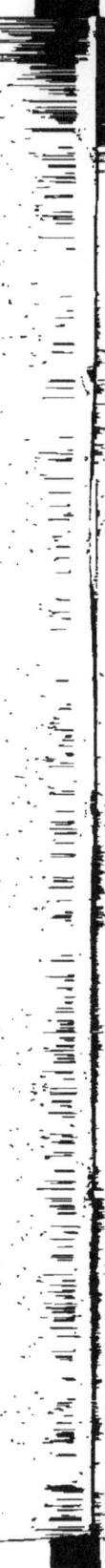

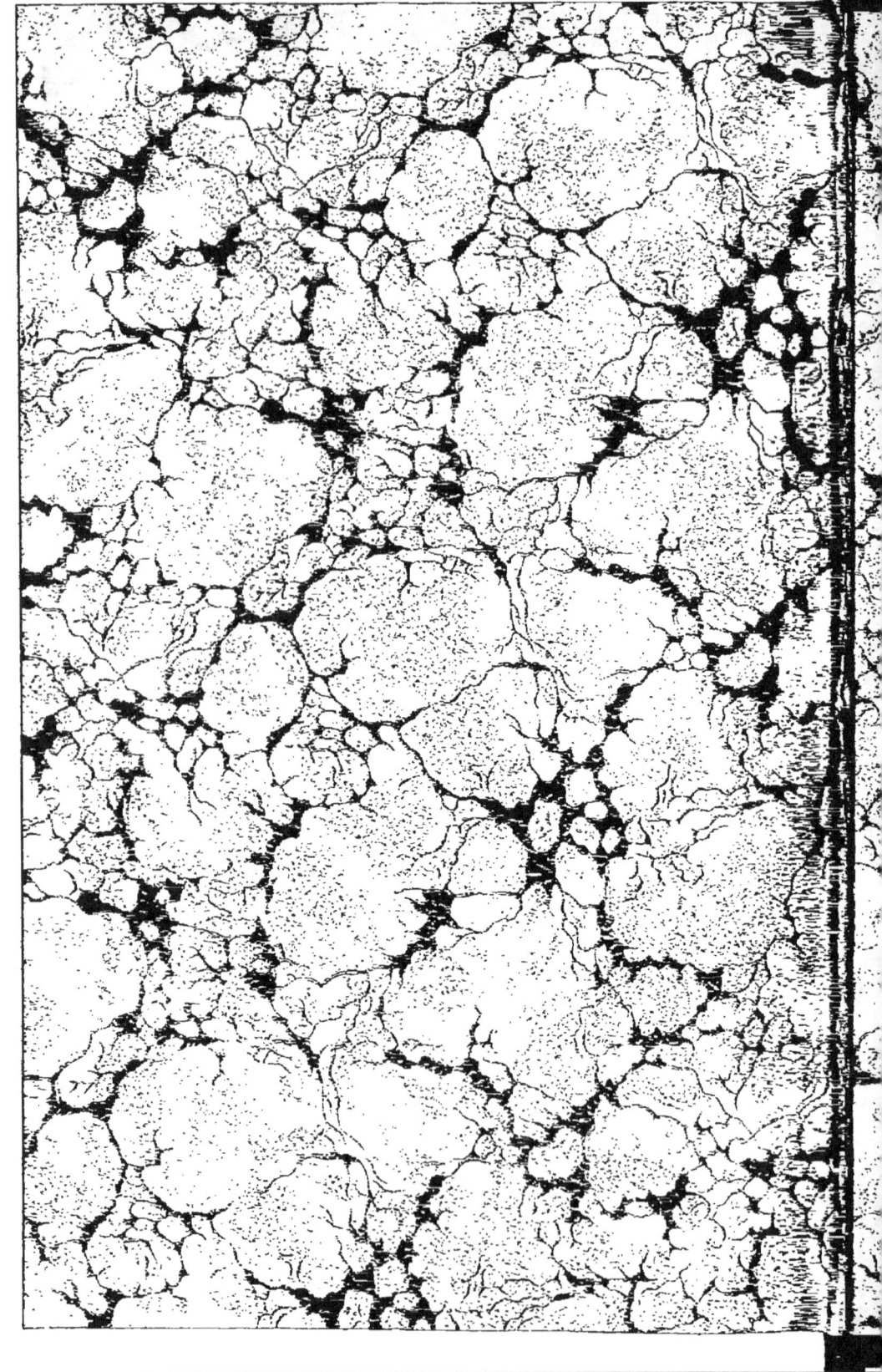

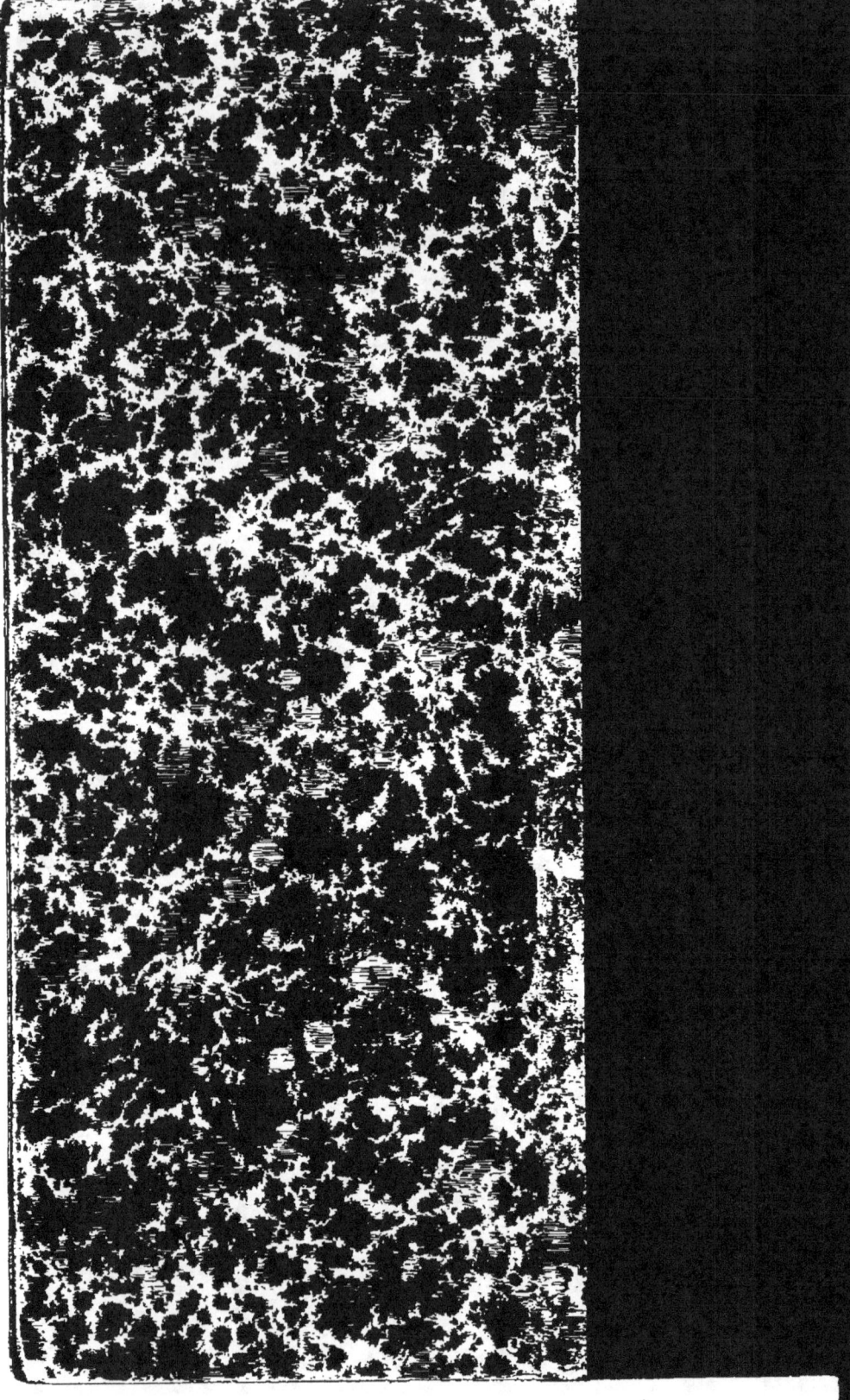

www.ingramcontent.com/pod-product-compliance
Lightning Source LLC
Chambersburg PA
CBHW060934030726
47503CB00003B/588